梅軒 朴英寬 漢詩集

매헌 박영관 한시집

梅軒
朴英寬
漢詩集

매헌 박영관 한시집

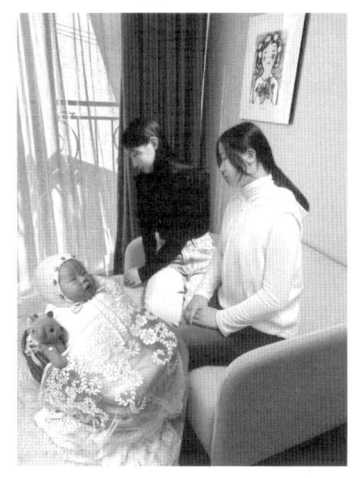

도서
출판 **명성서림**

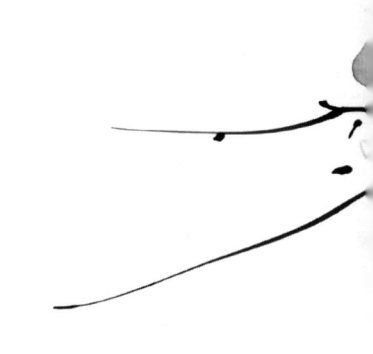

그 무덥던 여름도 한풀 꺾이고, 갈바람이 온몸을 타고 흐릅니다. 천학비재(淺學非才)한 소생이 한글 시도 제대로 헤아리지 못하면서 감히 한시집을 펴낸다 생각하니 부끄럽습니다.

세상에는 때마다 아름다운 시들이 발표되어 우리의 마음을 울리고, 삶을 풍요롭게 합니다. 하지만 이처럼 고운 시들이 한글로만 표현되어 있을 때는, 그 깊은 뜻을 온전히 헤아리기 어려운 경우가 많습니다. 물론 시는 해석의 폭이 넓은 예술이지만, 작자가 전하고자 하는 바를 명확히 전달하기 위해서는 한자의 병기(倂記)가 필요하다고 생각합니다.

나아가 우리 시 문화를 세계에 알리기 위해서도, 아름다운 한글 시를 한시(漢詩)로 병서(倂書)하여 표현한다면, 그 깊이와 운치가 더해져 한국문학의 내면이 더욱 풍성해지리라 믿습니다. 한글 시와 한시의 접목은 문학 창작과 향유, 출판과 교육을 잇는 연결고리가 되어, 우리 시 문화가 더욱 격조 있게 발전하리라 믿습니다.

진도 한시는 15년 전, 고산(高山) 김민재(金玟在) 선생님께서 전남대학교 평생교육원에 한시학과를 개설하셨을 때 입문하여, 지금까지 꾸준히 공부하며 써온 졸시(拙詩)들을 모아 엮게 되었습니다.

이 시집이 나오기까지 도움을 주신 여러 선생님과 지인들께 깊은 감사를 드립니다. 무엇보다 지하에 계신 외할머님과 어머님께서 생전에 "너는 큰 사람이 될 것이다, 무슨 일이나 잘할 것이다"라고 말씀해주셨던 그 한마디가 지금껏 소생을 버티게 하는 힘이 되었습니다. 또한 삶의 고비마다 묵묵히 곁을 지켜주며 저를 북돋아 준 내자(內子)와 자신의 길을 꿋꿋하게 걸어가고 있는 여섯 자녀에게도 고마운 마음을 전합니다.

2025년 11월

박영관(朴英寬)

차 례

七言絶句詩 칠언절구시

七言律詩 칠언율시

交遊詩 교유시

祝藝鄉珍島大韓民國文化都市指定
(축예향진도 대한민국문화도시지정)
예향 진도 대한민국 문화도시 지정을 축하하며

珍島名邦元藝鄉	진도명방원예향
潮聲鼓韻宴花場	조성고운연화장
鳴梁壯氣銀河貫	명량장기은하관
三別忠魂海日藏	삼별충혼해일장
詩舞年年傳雅會	시무년년전아회
畫書處處映濤昌	화서처처영도창
文明錦繡榮都得	문명금수영도득
萬劫光熙與浪揚	만겁광희여랑양

진도는 예향의 으뜸, 명망 높은 고을로,

조수와 북소리 울려 퍼지는 꽃 잔치마당.

명량대첩의 장대한 기상 은하수를 꿰뚫고,

삼별초의 충혼은 바다 위에 뜬 해에 간직했네.

시와 춤으로 해마다 아회가 전해지고,

그림과 글씨는 곳곳의 파도에 비춰 더욱 번창하네.

비단처럼 아름다운 문화로 영예로운 문화도시를 얻었으니,

영원토록 빛나는 태평성대가 물결처럼 퍼지리라.

2025(乙巳年 을사년). 08. 18.

梅軒(매헌) 吟(음)

五言絶句詩

오언절구시

珍島紅酒(진도홍주) - 진도홍주

紅酒光如錦	홍주광여금
芳流四海鄕	방류사해향
長年留古味	장년유고미
滿酌共歡揚	만작공환양

붉은 술의 빛 비단처럼 곱고,
향기는 온 천하에 흘러 퍼지네.
긴 세월 옛 맛을 고이 지니어,
가득 따른 잔 함께 들어 흥을 돋우네.

2011(辛卯年 신묘년). 08. 26.

靑山(청산) - 푸른 산

登山消鬱結	등산소울결
信鳥海船從	신조해선종
溫恕新芽撫	온서신아무
蛺興淑氣融	협흥숙기융

산 위에 오르니 울적한 마음 가시고,
푸른 바다 갈매기 떼 뱃고동을 쫓아 날며,
파란 새싹 어루만지니 온화한 마음,
호랑나비 흥에 겨워 아늑한 봄 즐기네.

2011(辛卯年 신묘년). 04. 16.

晚秋野花(만추야화) - 늦가을 들꽃

霜野開餘艷	상야개여염
微風散遠空	미풍산원공
無人知寂寞	무인지적막
留色在西東	유색재서동

서리 내린 들판에 아직 남은 꽃이 피어나고,
미풍이 불어 그 향기를 멀리 하늘로 흩날리네.
아무도 그 쓸쓸함을 알아주지 않지만,
그 빛은 서쪽과 동쪽 들녘에 여전히 머무네.

2024(甲戌年 갑술년). 07. 23.

珍島枸杞子(진도구기자) - 진도 구기자

紫實垂秋樹	자실수추수
甘香滿遠村	감향만원촌
海風生潤氣	해풍생윤기
養命益年存	양명익년존

자줏빛 열매는 가을 나무에 드리우고,
달콤한 향기 먼 마을까지 가득하네.
바닷바람 속에 윤기가 피어나니,
생명을 기르고 장수를 더하네.

2025(乙巳年 을사년). 06. 22.

高山(고산) - 높은 산

坐徐看暖翠　좌서간난취
一一識焉施　일일식언시
湛湛深先覺　잠잠심선각
士人雅潔宜　사인아결의

조용히 앉아서 파릇한 새싹을 바라보면,
하나하나가 서로 베풀고 있음을 알게 되고,
물이 맑고 깨끗함은 호수 깊음을 깨달았음이니,
선비의 고결함을 마땅히 배워야 하지 않으랴.

2011(辛卯年, 신묘년). 04. 23.

高山心越(고산심월) - 높은 산은 마음의 달

嫩芽諧澗谷　눈아해간곡
愚魯叡智隨　우노예지수
道慧姿焉及　도혜자언급
高山樂越爲　고산낙월위

산골짜기엔 새로 돋아난 새싹이 어울리고,
어리석은 사람은 현명한 사람을 따르려 하는데,
슬기로운 행동에 어찌 미치리,
높은 산을 즐거운 마음으로 넘어보리라.

2011(辛卯年 신묘년). 04. 23.

花宴(화연) - 환갑 잔치

陋屋催花雨	누옥최화우
黃醅酌飮霞	황배작음하
鳴明山鳥氣	명명산조기
灰死寂常嘉	회사적상가

누추한 집의 봄비는 꽃피기를 재촉하고,
석양에 막걸리를 권하고 받으며,
아름다운 산천에서 산새 소리 들으니,
마음속 번뇌 사라지고 행복해져.

2011(辛卯年 신묘년). 04. 30.

野徑(야경) - 들길

恍惚回春步	황홀회춘보
隆冬麗日望	융동려일망
香雲多靄發	향운다애발
芳景念書觴	방경념서상

봄이 돌아와 황홀한 마음으로 들길을 거닐면,
한겨울에는 화창한 봄날 기다렸는데,
꽃이 만발하고 아지랑이 자욱하니,
이른 봄 경치에 책 읽으니 술 생각나는구나.

2011(辛卯年 신묘년). 04. 05.

落花(낙화) - 꽃이 떨어짐

灼灼萌生偬	작작맹생총
香雲徧地芳	향운편지방
穹冥瀧麗日	궁명롱려일
濟世擴伸張	제세확신장

꽃이 만발하고 싹이 샘내어 싹틀 때는,
온 땅이 꽃으로 한없이 가득할 줄 알았는데,
화창한 날씨가 갑자기 비오니,
세상을 위해 베푸는 것을 넓혀야 하리.

2011(辛卯年 신묘년). 05. 07.

一時(일시) - 한때

千朶氷魂照	천타빙혼조
澗霓團月芳	간예단월방
良辰臾旭日	양신유욱일
短艶落花望	단염락화망

매화가 햇빛 받아 꽃이 늘어지고,
밝은 달밤에 무지개다리에는 꽃향기 가득하네.
아침 해와 좋은 날들이 잠시인 것처럼,
지는 꽃 바라보니 아름다움도 한때로구나.

2011(辛卯年 신묘년). 05. 17.

辛卯冬至(신묘동지) - 신묘년 동지

嗷嗷連除月	속속연제월
玄間謎近時	현간미근시
三餘風瀎樂	삼여풍별락
今曉欲吟詩	금효욕음시

섣달 새소리 이어지니,
요즈음 하늘도 수수께끼 같네.
바람 불어도 삼여의 시간으로 즐기니,
오늘 새벽에는 한시나 읊어볼까.

2012(壬辰年 임진년). 01. 21.

瑞雪(서설) - 상서로운 눈

瑞雪霏侵早	서설비침조
興農告峻湍	흥농고준단
蛩秋培絶致	공추배절치
斜漢硯田歡	사한연전환

이른 아침 상서로운 눈 펄펄 내리니,
농업을 진흥하는 여울로 알리네.
귀뚜라미 소리는 운치를 북돋아 주고.
은하수는 벼루를 기쁘게 하네.

2012(壬辰年 임진년). 01. 23.

氷上世態(빙상세태) - 얼음판 위의 세상

世態覡氷上	세태명빙상
兢兢蹐苦寒	긍긍척고한
淫非尸利業	음비시리업
劍屈斬龍蟠	검굴참룡반

얼음 위 같은 세상을 살펴보면,
너무 추워 조마조마하며 살금살금 걷네.
음란하고 바르지 못하며 이익만 좇아,
숨은 용은 서린 칼로 베고 싶으리라.

2012(壬辰年 임진년). 01. 25.

冬柏(동백) - 동백

履長花凜凜	이장화늠름
明氣首芳香	명기수방향
接吻留容與	접문류용여
紅脣抱瑞祥	홍순포서상

추운 겨울 동지에 꽃이 피니,
산천의 기운 좋은 향기 으뜸일세.
애정 표현 느긋하게 기다리는지,
꽃송이에 좋은 일을 품고 있네.

2012(壬辰年 임진년). 01. 24.

辛卯聖誕節(신묘성탄절) - 신묘년 성탄절

所望生賞主	소망생상주
凝雨慶揚揚	응우경양양
四海遊衾枕	사해유금침
霜禽羨白羊	상금선백양

바라는 예수님이 태어나셨다고,
눈 내리고 만족하며 축하하네.
온 세상에 침구를 깔아 즐거워,
떼지어 나는 철새들은 백양이 부럽다네.

2012(壬辰年 임진년). 01. 26.

山石(산석) - 산에 있는 돌

耀耀青巖憮	요요청암무
斑鳩躁劇煩	반구조극번
古査圖往往	고사도왕왕
苔徑嗜朝暾	태경기조돈

빛나는 모양은 푸른 바위 애무하고,
산비둘기 성급하여 바쁘네.
오래된 그루터기 이따금 그려,
이끼 낀 좁은 길 아침 해를 즐기네.

2012(壬辰年 임진년). 01. 30.

晩春有感(만춘유감) - 늦봄의 느낌

倍儵韶光促	배결소광촉
荷渠潑刺嬉	하거발랄희
柔風新樹煽	유풍신수선
彩靄練絲吹	채애연사취

화창한 봄 날씨 햇무리로 재촉하니,
연못에서 새가 즐겨 날아다니네.
파릇파릇한 새잎에 솔솔 봄바람 살랑이니,
아지랑이는 명주실 충동이네.

2011(辛卯年 신묘년). 05. 14.

春色(춘색) - 봄빛

前宵悽絕煽	전소처절선
山郭惠風傳	산곽혜풍전
讚美蒼庚杲	찬미창경소
愁襟急步煎	수금급보전

지난밤 쓸쓸함을 부추기더니,
두메산골에 화창한 봄바람 전하네.
뻐꾸기 고운 목소리로 울어대니,
급한 세월을 근심하며 졸이네.

2011(辛卯年 신묘년). 05. 14.

五言律詩

오언율시

春信(춘신)
봄소식

玉骨槑征雁	옥골무정안
蒼庚跋刺鳴	창경발랄명
生川暖翠谷	생천난취곡
岞路鳥和聲	이로조화성
倍僑嗺斜漢	배결최사한
烏輪渙爛明	오륜환란명
行忙耕稼劇	행망경가극
秀國治功淸	수국치공청

매화나무 무성하니 기러기 떠나고,
꾀꼬리 분주히 짝 찾아 우네.
냇가 골짜기 초목 무성하니,
새들은 고갯길 넘으며 노래 부르네.
햇무리 은하수 재촉하니,
태양은 밝고 아름답구나.
농사짓기에 매우 바빠도,
빼어나고 깨끗한 나라의 치세 바라네.

2011(辛卯年 신묘년). 05. 10.

禮讚珍島紅酒(예찬진도홍주)

진도홍주를 예찬하며

南溟蟠日氣	남명반일기
紅釀流瓊香	홍양유경향
海霧籠松島	해무롱송도
秋風滿綠堂	추풍만록당
家傳藏甕釀	가전장옹양
玉盞洗幽傷	옥잔세유상
村鼓和歌韻	촌고화가운
醇醲入壽觴	순농입수상

남쪽 큰 바다에 해의 기운 서리니,
붉게 빚은 술은 옥 같은 향기를 흘려보내네.
바다 안개는 송도를 자욱하게 감싸고,
가을바람은 초록빛 사랑채에 가득 차네.
집안 대대로 전해온 술은 옹기에 감추어 익고,
옥 잔에 따른 술은 깊은 시름을 씻어내네.
마을의 북소리는 노랫가락과 어우러지고,
맛 좋은 술은 장수의 잔에 스며드네.

2025(乙巳年 을사년). 07. 10.

讚歎珍島紅酒(찬탄진도홍주)

진도홍주를 칭찬하고 감탄

紅霞浮玉液	홍하부옥액
媄氣滿壺香	미기만호향
潮起涵松月	조기함송월
蟾光落綠堂	섬광낙록당
千年承古釀	천년승고양
三爵諭愁腸	삼작유수장
歌鼓催村酒	가고최촌주
醇醲味自長	순농미자장

붉은 노을, 옥 같은 술잔에 뜨고,
곱고 향기로운 기운, 술 항아리에 가득하네.
조수가 일어 솔숲 달을 머금고,
두꺼비 달빛이 푸른 집에 내려앉네.
옛 술 빚는 전통은 천년을 이어오고,
세잔에 시름 녹아 마음이 맑아지네.
노래와 북소리, 마을에 술을 재촉하고,
순하고 짙은 맛은 저절로 길어져.

2025(乙巳年 을사년). 07. 20.

特産珍島枸杞子(특산진도구기자)

진도 특산물 구기자

南畔紅珠熟	남반홍주숙
東園紫氣香	동원자기향
纖花垂露葉	섬화수로엽
小果滿雲莊	소과만운장
補腎扶疲體	보신부피체
明眸健肝腸	명모건간장
靑山年歲老	청산년세로
藥力枸餘昌	약력구여창

남쪽 언덕에 붉은 구기자 알이 탐스럽게 익고,
동쪽 밭엔 자줏빛 기운이 퍼지며 향기롭네.
섬세한 꽃은 이슬 머금은 잎에 드리워지고,
작은 열매는 구름 낀 마을마다 가득하네.
신장을 보하고 지친 몸을 회복시키며,
눈을 밝히고 간과 장부를 튼튼히 하네.
푸른 산은 세월 따라 늙어가지만,
약의 효능은 구기자에 남아 있어라.

2025(乙巳年 을사년). 07. 16.

辛卯夏至老圃(신묘하지노포)

신묘년 하지의 농부

老圃忙忙劇　　노포망망극
鶯鳴促促思　　앵명촉촉사
暖紅輝永日　　난홍휘영일
萌蘗潼青滋　　맹얼동청자
澗戶挑叢莽　　간호도총망
愈愈步步葰　　유유보보유
僻幽朋俟待　　벽유붕사대
衰白預知隨　　쇠백예지수

늙은 농부 매우 바쁜 데,
고갯길에서 꾀꼬리 소리 쓸쓸해라.
온종일 해가 비추니,
사철나무 새잎이 무성하구나.
산골 집에 풀숲 우거지니,
걸음마다 느긋하고 평온한 마음.
외져 쓸쓸한 곳에서 친구 오기를 기다리는데,
백발이 미리 알고 뒤쫓아 오네.

2011(辛卯年 신묘년). 06. 25.

綠陰芳草(녹음방초)

푸르게 우거진 나무와 향기로운 풀

莽莽恩鋤理	망망총서리
咬咬輾百昌	교교력백창
蝶兒儛朗旦	접아무랑단
方客眺歡康	방객조환강
勝友濃松翠	승우농송취
麗黃俟女裝	여황사여장
綠波連灼灼	녹파련작작
孚乳育姸芳	부유육연방

풀이 무성하니 농사일이 바쁘고,
새들이 지저귀니 백물이 요란하네.
나비는 아침부터 춤을 추며,
빈객은 즐기면서 바라보네.
소나무는 푸른빛이 한창이고,
꾀꼬리는 여장을 하고 기다리네.
푸른 물결 이어지고 꽃은 난만하며,
새가 새끼를 기르니 아름답고 향기로워라.

2012년(壬辰年 임진년). 06. 09.

名犬(명견)

이름난 개

質性歸家本	질성귀가본
堅剛主一馴	견강주일순
誇溫忠烈順	과온충렬순
畜養愛嘉珍	축양애가진
犬衆元天性	견중원천성
名聲世界申	명성세계신
衆人雄武玩	중인웅무완
鬱結慰勞親	울결위로친

본래 귀가 본능의 성품을 타고나,
건강하여 주인을 제일로 알고 따르고,
온순하면서도 충성스럽고 열렬하여,
훌륭히 여겨 사랑하며 어루만져 키우네.
타고난 천성이 개 중의 으뜸이라,
온 세계에서 그 명성 자자하네.
씩씩하고 용맹하여 중인에게 사랑받고,
답답할 때 괴로움을 풀도록 가까이하네.

2011(辛卯年 신묘년). 06. 26.

晩春(만춘)

늦봄

夕麗雅謠碧	석려아요벽
春風鵲報怡	춘풍작보이
游溪謳匹鳥	유계구필조
勝友野徑窺	승우야경규
宅上忙耕稼	택상망경가
大當困鹿宜	대당균록의
闇安强進命	개안강진명
窮色具然嬉	궁색구연희

먼 하늘 저녁놀이 아름다운데,
봄바람 부니 까치가 기쁜 소식 전하네.
시냇물에서 원앙새 짝지어 노래 부르고,
들길의 소나무 넌지시 엿보네.
집 근처에서는 농부들의 일손 바쁘니,
풍년들어 창고에 곡물이 가득하겠네.
분수를 지키며 건강하고 유쾌하게 살려니,
궁색해도 스스로 만족하니 즐거워라.

2011(辛卯年 신묘년). 05. 14.

暴雪有感(폭설유감)

갑자기 많이 내리는 눈을 보고 느낌

暴雪星辰濕	폭설성신습
松濤草木寒	송도초목한
北風千里應	북풍천리응
凝雨萬人觀	응우만인관
冷峭江山好	냉초강산호
隆冬道路難	융동도로난
斷崖聯玉璧	단애련옥벽
川谷繞羅紈	천곡요나환

별자리 축축하니 폭설이 내리고,
솔바람에 초목이 떠네.
추운 바람 천 리에 응하니,
많은 사람이 눈을 바라보네.
혹독한 추위에 강산은 기뻐하고,
한겨울 도로는 통행이 어렵네.
깎아지른 낭떠러지 옥벽을 이루고,
내와 골짜기 흰 비단을 둘렀네.

2015(乙未年 을미년). 12. 27.

初雪殘菊(초설잔국)

처음 오는 눈과 시든 국화

冽風秋色遠	열풍추색원
煙雨夕陽斜	연우석양사
宅里家家酒	택리가가주
金葩樹樹花	금파수수화
澗谿儛共樂	간계무공락
凋歇示相差	조헐시상차
肅殺乾坤定	숙살건곤정
渾元日月華	혼원일월화

찬바람에 가을 경치 멀어지고,
안개비 석양에 기우네.
마을에서 집집이 주연이니,
국화꽃이 가지가지 피어나네.
시냇물이 함께 춤추니,
초목이 시들고 서로 다르게 보이네.
초목이 시듦은 하늘과 땅이 정하고,
자연의 기운에 해와 달이 빛나네.

2015(乙未年 을미년). 12. 26.

女兄永眠(여형영면)

누나 영원히 잠들다[永逝(영서)]

女兄書信斷	여형서신단
家屬旨甘遙	가속지감요
喪禮菊花綻	상례국화탄
惡風楓葉凋	악풍풍엽조
溢焉毋飯饌	합언무반찬
冥伯酢簞瓢	명백주단표
哀苦回旋轉	애고회선전
祭壇何寂寥	제단하적료

누나의 서신이 끊어지니,
가족을 보내고 맛 좋은 음식도 멀어지네.
상례에 국화꽃이 피고,
모진 바람에 단풍잎이 시드네.
죽음에 반찬은 필요 없고,
돌아가신 분에게 술 한 잔 올리네.
슬프고 괴로움이 빙빙 도니,
제단이 어찌 적료하지 않겠는가?

2015(乙未年 을미년). 12. 20.

珍島鬱金有感(진도울금유감)

진도 울금을 느끼며

日脚良平旦	일각량평단
人時守送迎	인시수송영
佳芳勤哺夕	가방근포석
喜力吉辰耕	희력길진경
沃野連嘉穀	옥야련가곡
黃淸詠滿盈	황청영만영
搜心身病月	수심신병월
般樂逸何驚	반락일하경

새벽부터 날이 좋으면,
농사일로 보내고 맞이하네.
아름다운 향기 속에 저녁까지 부지런히 일하니,
좋은 날 농사짓기 기쁘구나.
기름진 땅에 오곡이 이어지고,
질 좋은 꿀 가득 차 기뻐 노래하네.
병든 몸 밝은 마음으로 달을 찾으니,
즐기는 모양에 놀라 어딘가로 달아나리.

2011(辛卯年 신묘년). 11. 19.

大豊歎息(대풍탄식)

풍년의 탄식

朗旦精娥影	낭단정아영
午風治上天	오풍치상천
明河殘月竝	명하잔월병
鵲報樂登焉	작보락등언
早蛬欷叢棘	조공희총극
寒村歎暮煙	한촌탄모연
淸秋霖夜雨	청추림야우
待者世明賢	대자세명현

쾌청한 아침 달빛 밝으니,

마파람을 하늘이 다스려,

은하수와 남은 달이 어울리니,

어찌 풍년의 기쁜 소식 아닌가?

귀뚜라미 덤불 속에서 흐느끼니,

가난한 마을 저녁연기 한숨 쉬고.

맑게 갠 가을에 밤부터 비가 오니,

태평성세 이룰 현자를 기다리네.

2011(辛卯年 신묘년). 11. 19.

第三會漢詩發表會(제삼회한시발표회)

제3회 한시발표회

麗句開三次	여구개삼차
氷文妊漢詩	빙문차한시
修師詞學匠	수사사학장
裕美若英辭	유미약영사
告教叮吟客	고교정음객
高山明鑑欹	고산명감의
宏儒連秀士	굉유연수사
遠到久鄕爲	원도구향위

아름다운 시회 세 번째 열어,
한시의 맑은 문장 자랑하고,
훌륭한 스승에게 시문에 대한 학문을 받아,
뛰어난 글과 말이 넉넉하네.
시인들에게 정성을 다하여 가르쳤으니,
아! 고산 선생은 훌륭한 귀감이네.
뛰어난 선비 진도에 이어져,
학문과 기예가 깊은 고장으로 길이 남았으면.

2011(辛卯年 신묘년). 12. 10.

辛卯歲暮(신묘세모)

신묘년 세밑

旭日奔辛卯	욱일분신묘
壬辰赶急追	임진간급추
要明天美擧	요명천미거
停佚老來綏	정일로래수
沃野豊耕稼	옥야풍경가
方多侘積悲	방동차적비
閑華回暮節	한화회모절
教學艾窮宜	교학애궁의

신묘년 아침 해가 빠르게 달리니,
임진년이 급하게 뒤따르네.
내일부터는 아름다운 일이 있기를 바라며,
정년으로 은거하며 편히 사려네.
기름진 땅에 곡식을 심어 풍부한데,
시월엔 슬픔이 쌓여 실의에 차 있네.
십이월에는 아름다움이 오기 바라며,
늙어도 가르치고 배우며 끝까지 하려네.

2011(辛卯年 신묘년). 12. 17.

回顧辛卯年(회고신묘년)

신묘년을 돌이켜 생각함

退老回辛卯	퇴로회신묘
遲遲好晚年	지지호만년
修師芳句匠	수사방구장
友補隱文塡	우보은문전
俊茂遭吟客	준무조음객
探韻幻小鮮	탐운환소선
悰心探黙稿	종심탐묵고
學德習悠懸	학덕습유현

신묘년에 정년하고 되돌아보니,
노년에 얽매이지 않고 즐기네.
훌륭한 스승에게 아름다운 시구 배워,
글을 벗하며 조용히 채워가네.
학식이 뛰어난 사람과 시인을 만나니,
운자를 찾는 작은 물고기로 변하네.
시문초고를 찾아 즐기며,
학덕을 익히며 느긋하게 배우네.

2012(壬辰年 임진년). 01. 21.

壬辰新年(임진신년)

임진년 새해

濁亂過辛卯	탁란과신묘
壬辰透劇繁	임진투극번
客年讙鼠者	객년환서자
開歲禱暾暾	개세도돈돈
勸穡充囷鹿	권색충균록
華京願樂園	화경원락원
選良爲蓋代	선량위개대
區極喜陪敦	구극희배돈

어지러웠던 신묘년이 지나고,
임진년이 바쁘게 뛰어왔네.
지난해에는 쥐새끼들이 시끄럽게 했는데,
새해엔 햇빛이 구석구석 비치길 기원하네.
농사를 장려하여 곡물창고 가득 차고,
아름다운 서울이 낙원 되길 비네.
뛰어난 인물을 선출직으로 가려 뽑아,
천하가 후하고 기뻐하기를.

2012(壬辰年 임진년). 01. 28.

瑞雪(서설)

상서로운 눈

早晨謠宇內	조신요우내
凝雨降嘉花	응우강가화
日脚屖遲旦	일각서지단
浮浮憙細瑕	부부희세하
猝寒踦徧地	졸한이편지
團月睆流霞	단월환류하
皎皎閑容輿	교교한용여
楂楂賭倍加	사사춘배가

새벽하늘 아래 노랫소리 일더니,

아름다운 꽃눈이 내리네.

햇빛은 날이 밝기를 기다리며 쉬는데,

눈이 한창 내리니 흠도 좋아지네.

갑작스러운 추위는 온 땅을 웅크리게 하고,

둥근 달은 떠도는 운기에 추파를 던지네.

밝은 달빛은 느긋하고 한가하니,

까치 우는 소리 갑절로 늘어나 부유해지겠네.

2012(壬辰年 임진년). 01. 28.

詩儒同樂(시유동락)

시 짓는 선비와 함께 즐김

昔歲遭師匠	석세조사장
探韻勉半燒	탐운면반소
改年湛麗美	개년담려미
吟社陟同僚	음사척동료
妙品修奇筆	묘품수기필
時彦誕愛嬌	시언탄애교
火茸撞扉屨	화용대비구
仙洞眺詩調	선동조시조

지난해에는 훌륭한 스승을 만나,
운 찾느라 불사르며 힘썼네.
새해에도 아름다움을 즐기면서,
시 짓는 동료들과 오르려네.
뛰어난 작품과 글씨를 닦으며,
훌륭한 인물과 아리따운 사랑을 나누려네.
짚신 신고 부지깽이 들어,
시조를 지으며 신선 산골 바라보네.

2012(壬辰年 임진년). 01. 28.

氷上世態(빙상세태)

얼음 위 세상

匹夫酒赤子	필부주적자
鄰保暗嘉珍	인보암가진
利巧多人禍	이교다인화
周親恃素因	주친시소인
暈船頻篤恕	훈선빈독서
參伍抱黃塵	참오포황진
寂慮牽氷戲	적려인빙희
和鳴活守身	화명활수신

젖먹이 때부터 가까운 벗들,

이웃이 아름다워도 진기한 것엔 어리석네.

잔꾀로 받는 재앙이 많으나,

친한 친구는 믿어보네.

남의 사정 들어주어 뱃멀미 빈번해도,

세속에 뒤섞여 안아보려네.

조용히 얼음지치기 하듯 조심하며,

불의에 빠지지 않고 조화롭게 살려네.

2012(壬辰年 임진년). 01. 11.

讚美珍島鬱金(찬미진도울금)

진도 울금을 찬미하며

鬱金栽保養	울금재보양
珍島汗勤農	진도한근농
沃野無砒素	옥야무비소
穰穰笑龍茸	양양소롱용
早晨忘彩靄	조신망채애
淸籟共遭逢	청뢰공조봉
健啖撩殘病	건담료잔병
欣欣靖順從	흔흔정순종

울금이 건강을 잘 돌본다고 심어 가꾸며,
진도에서는 땀 흘리고 부지런히 농사짓네.
기름진 땅에 비소(농약 성분)가 없어도
복이 많게 모여 있어 웃음 띠네.
이른 새벽부터 저녁놀도 잊으니
맑은 바람 우연히 만나 함께하네.
잘 먹으면 낫지 않은 병도 다스려,
만족하고 기뻐하며 따르니 평안하네.

2012(壬辰年 임진년). 01. 29.

冬柏(동백)

동백

凜凜霏晡夕	늠름비포석
山茶拜敬恭	산다배경공
葉華穠雪後	엽화농설후
樽酒慕長蹤	준주모장종
壽客虞凋歇	수객우조헐
淸淸嘯滿胸	청청소만흉
典雅戡凜凜	전아감름름
檐雨妬冬冬	첨우투동동

해 질 녘 살을 에듯 춥더니 눈이 내리니,
동백이 공손히 절하네.
잎과 꽃눈 내린 뒤 무성하고,
술 단지 담근 술 옛 자취 그리네.
국화꽃 시들어 염려했는데,
맑은 기운 가득 차 휘파람 부네.
단정한 품위는 추위도 이겨내고,
처마에 떨어지는 비, 문 두드리며 시샘하네.

2012(壬辰年 임진년). 01. 25.

迎冬(영동)

겨울을 맞으며

俗風調夕麗	속풍조석려
時歲幻圓融	시세환원융
跋剌迷禽語	발랄구금어
霜楓墜閃紅	상풍추섬홍
凍雲寬節季	동운관절계
殘月擠冥蒙	잔월제명몽
水鏡搖簷澤	수경요첨탁
煌星箑昊中	황성삽호중

도움 주는 바람 아름다운 저녁놀과 어울리고,

세월은 융화하며 변하네.

새들은 날아오르며 짝과 지저귀니,

서리 맞은 단풍잎 번개같이 떨어지네.

눈이 올 듯한 음력 십이월도 느긋하고,

희미하게 남은 달 어두운 모양 밀치네.

달은 처마 밑 고드름을 흔들고,

샛별은 하늘에서 부채질하네.

2012(壬辰年 임진년). 01. 09.

初冬(초동)

초겨울

冽風悲女節	열풍비녀절
蒸氣桶年高	증기통년고
鐵幹諴山籟	철간함산뢰
遲遲飮酒醪	지지음주료
偶詞拌徒爾	우사반도이
憨寢臥絟袍	감침와제포
貫籍鉤全福	관적구전복
貧居欲慰勞	빈거욕위로

찬 바람에 국화꽃이 슬퍼하며,
보일러는 오래되었다네.
고목이 된 매화나무 바람 소리와 화합하니,
얽매지 않고 청주와 탁주를 마시려네.
시 짓기로 욕심을 버리고,
솜옷 입고 누워 푹 자려네.
고향에서 행복을 찾으며,
어려운 이웃 위로하고파라.

2012(壬辰年 임진년). 01. 07.

自强不息(자강불식)

스스로 힘써 몸과 마음을 가다듬고 쉬지 않음

傍伴溙失己	방양진실기
畢力反澄旻	필력반징민
忨日憂孤塞	완일우고색
憍憍諭兆民	교교유조민
子孫泠切直	자손령절직
端慤得金銀	단각득금은
志格遮後慮	지격차후려
天行建正眞	천행건정진

여기저기 노력은 하지 않고 본성 잃은 사람 많으며,

힘이 다하도록 노력하면 맑은 하늘도 되돌리려 하네.

허송세월 보내며 자기 의견만 옳다니 근심스럽고,

교만한 백성들 깨우쳐야 하는데,

자손의 나쁜 점은 바로잡아 깨우치게 하며,

바르고 성실하면 금은도 얻는다네.

고상한 뜻이면 뒷날의 염려를 막을 수 있으니,

천체의 운행은 거짓 없이 건실하다네.

2012(壬辰年 임진년). 01. 02.

幽居(유거)

속세(俗世)를 떠나 외딴곳에서 삶

惡風慅策策	악풍소책책
寒月慌梅梅	한월황매매
暮節曇窮苦	모절담궁고
煌星弄到來	황성롱도래
德禽毶孑孑	덕금배혈혈
凡世浦堆堆	범세포퇴퇴
擾擾薑嫌猜	요요제혐시
高游吃吃杯	고유흘흘배

모진 바람에 낙엽이 소동하며 지고,
겨울 달이 밝아 마음이 바빠지네.
섣달 고생에 구름이 끼고,
샛별은 와 닿아 희롱하네.
닭은 외로이 서서 날개를 치고,
속세에 겹겹이 쌓이는 물가,
어지럽고 꺼리는 의심 버무려,
유유자적하며 껄껄 웃고 잔을 드네.

2012(壬辰年 임진년). 01. 30.

孤雁(고안)

외기러기

暮暮噰翔舞	모모옹상무
驚鴻作麼生	경홍작마생
疊峯孤水鏡	첩봉고수경
殘暑聶多情	잔서섭다정
片影羞團月	편영수단월
留連臥自鳴	유련와자명
佚民迎鵠髮	일민영곡발
哺夕酌恩榮	포석작은영

매일매일 날고 춤추며 짝을 찾는데,
놀라 나는 기러기는 어떤고.
중첩한 산봉우리 위에 홀로 뜬 달,
새벽녘 다정하게 속삭이네.
조그마한 그림자 둥근 달이 부끄러워,
머뭇거리고 제풀에 울며 숨어 사네.
나서지 않고 파묻혀 백발을 맞고,
저녁때 술 따르니 영화로세.

2012(壬辰年 임진년). 01. 27.

雙溪寺(쌍계사)

진도 의신면 사천리 사찰

古寺探斜照　　고사탐사조
霜禽哢樹林　　상금롱수림
彩雲愶徑道　　채운소경도
候雁獨歌吟　　후안독가음
寶地牽空界　　보지견공계
雙溪和鼓琴　　쌍계화고금
晩鐘培萬籟　　만종배만뢰
山內煽人心　　산내선인심

옛 절을 사양 길에 찾으니,
겨울 철새들 우거진 숲에서 지저귀네.
채색으로 물든 구름 사잇길은 시름겹고,
기러기는 홀로 시가를 읊네.
절은 텅 빈 세계를 끌고 가고,
두 시내 거문고 타며 답하네.
해 질 무렵 종소리는 만물의 울림 북돋고,
절 안은 사람 마음을 부추기네.

쌍계사 : 전남 진도군 의신면 운림산방로 299-30
2012(壬辰年 임진년). 01. 25.

七言絶句詩
칠언절구시

賞春梅(상춘매) - 봄에 매화를 구경하며

笑粲開東一景梅	소찬개동일경매
那時素白百花魁	나시소백백화괴
凌霄淡雅歌聲茂	능소담아가성무
竦慕恩亭舞影回	송모은정무영회

새벽에 환하게 웃는 매화의 흥취는
언제나 깨끗해서 온갖 꽃의 으뜸일세.
티 없이 고아한 노랫소리 무성하니,
사은정을 앙모하여 그림자도 춤추며 도네.

思恩亭(사은정) 投稿詩(투고시) 2019(己亥年 기해년). 02. 06.
思恩亭(사은정) : 전남 강진군 강진읍 춘전리

思恩亭吟(사은정음) - 사은정을 노래함

思慕親山拜墓衷	사모친산배묘충
恩情寵厚戀安躬	은정총후련안궁
亭然宿世綱常守	정연숙세강상수
吟月孔懷希敬崇	음월공회희경숭

부모의 산소에서 정성으로 성묘하며,
정어린 마음으로 총애하여 편안히 지냄을 그리워하네.
전생에 강상의 도리를 아름답게 지켰으니,
우의를 바라고 숭앙하며 달 보고 시가를 읊어라.

思恩亭(사은정) 投稿詩(투고시) 2022(壬寅年 임인년). 09. 22.

碧波津風光(벽파진풍광) - 벽파진 경치

海碧波津晡夕單	해벽파진포석단
甘甫孤帆早晨瀾	감보고범조신란
戰碑猶在英雄地	전비유재영웅지
島浦長風撫舊歡	도포장풍무구환

푸른 바다 벽파진 저녁노을 속 고요히 빛나고,
감보도 외로운 돛단배 새벽 물결 따라 지나가네.
전승의 비 여전히 남아 영웅의 땅을 지키고,
해변의 긴 바람은 옛 영광을 어루만지네.
충무공벽파진전첩비 : 전남 진도군 고군면 벽파리

2011(辛卯年 신묘년). 03. 21.

碧波津碧海(벽파진벽해) - 벽파진 짙푸른 바다

碧波津碧海鷗蟠	벽파진벽해구반
甫島丹曦情話瀾	보도단희정화란
倭敵戎兵頻寇患	왜적융병빈구환
戰碑死志眺眸寒	전비사지조모한

벽파진 푸른 바다 갈매기 떼 날고,
감보도 붉은 태양 정담의 물결이네.
왜병들 자주 침략해 근심이었고,
전첩비는 결사의 각오로 싸운 곳을 매섭게 바라보네.

2011(辛卯年 신묘년). 05. 31.

讚美珍島紅酒(찬미진도홍주) -진도홍주를 찬미함

紅霞浮盞醉魂揚　　홍하부잔취혼양
芳釀千年溢古香　　방양천년일고향
秋暮村閭歌鼓動　　추모촌려가고동
松濤月白滿流觴　　송도월백만류상

붉은 노을빛이 잔 위에 오르니 취한 넋이 솟고,
천년의 향기로운 술 옛 향기가 일며,
저물 무렵 마을마다 노랫소리와 북소리 울려 퍼지니,
소나무 달빛 아래 술잔이 오기 전에 시 짓는 일이 가득하여라.

2025(乙巳年 을사년). 08. 04.

珍島紅酒吟誦(진도홍주음송) - 진도홍주를 읊음

玉甕新開香氣長　　옥옹신개향기장
丹心傳釀薦賓堂　　단심전양천빈당
醉來不省人間事　　취래불성인간사
只與南溟月共觴　　지여남명월공상

옥 같은 술독을 열자 향기는 오래 퍼지고,
단심으로 빚은 술 귀빈을 맞는 집에 오르네.
술에 취하니 세상의 일들은 아득하고,
다만 남쪽 바다의 달이 함께 술잔을 나누자네.

2025(乙巳年 을사년). 08. 11.

讚珍島枸杞子(찬진도구기자) - 진도 구기자를 기리며

紅珠映日分香氣	홍주영일분향기
古壟橫坡接海聲	고롱횡파접해성
滋補長年傳妙效	자보장년전묘효
一枝甘潤養人情	일지감윤양인정

붉은 구슬 햇살 아래 향기를 퍼뜨리고,
옛 밭은 언덕을 가로질러 바닷소리에 닿네.
몸을 보하고 수명을 늘리는 신묘한 효험이 전해지니,
한 가지의 단맛과 윤기로 인정을 양생하네.

2025(乙巳年 을사년). 06. 16.

事必歸正 - 모든 일은 반드시 바른길로 돌아감

曲直終須返正憑	곡직종수반정빙
邪謀百計不堪勝	사모백계불감승
一心自守無他路	일심자수무타로
日久方知氣自蒸	일구방지기자증

바르든 굽든 결국엔 바르게 돌아가야 하고,
간계는 백 가지여도 이길 수 없네.
한마음을 지키는 것이 길이니,
시간이 지나면 곧 정의가 드러난다네.

2025(乙巳年 을사년). 05. 02.

新綠(신록) - 새잎의 푸른 빛

暖翠柔風徧地塡	난취유풍편지전
蒼庚麗日意衷姸	창경려일의충연
烏輪灼燼晨吟譟	오륜작약신음조
老圃村郊札札煙	노포촌교찰찰연

부드러운 봄바람에 초목은 푸른색으로 가득하고,
화창한 봄날 멀리서 우는 꾀꼬리의 고운 소리에,
아침 새들 재잘재잘 반짝이는 햇빛 아래,
시골 마을 늙은 농부 밭 가는 소리가 안개 속에 들리네.

2011(辛卯年 신묘년). 06. 04.

顯忠日(현충일) - 나라를 위해 목숨을 바쳐 충성한 사람을 기리는 날

殉國爭鋒死地伊	순국쟁봉사지이
哀傷伐滅寇難欹	애상벌멸구난의
鴻聲戰歿馳名永	홍성전몰치명영
阿爹嘆嗟赤子悲	아다탄차적자비

전쟁에서 죽음으로 싸워 목숨 바친 그 사람!
아! 침입하는 적을 쳐 멸망시키고,
전쟁으로 죽은 이름 오래도록 드날려도,
젖먹이와 아비의 탄식하는 소리 구슬퍼라.

2011(辛卯年 신묘년). 06. 11.

碧波津碧海望(벽파진벽해망) - 벽파진 푸른 바다를 바라보며

碧波津鏡水眈洋	벽파진경수정양
船洑舫人行客常	선보방인행객상
淸籟和鳴通潑剌	청뢰화명통발랄
詩歌配島繪亭昻	시가배도회정앙

벽파진의 거울같이 맑고 잔잔한 물결 바라보니,
나루터는 늘 뱃사공과 나그네를 맞이하네.
맑은 바람 새소리에 물고기도 좋아 뛰어오르니,
유배자 시가를 읊던 모습 그리며 정자에 오르네.

2011(辛卯年 신묘년). 06. 18.

讚沃州風光(찬옥주풍광) - 진도 경치를 기리며

展望臺上陟眈鮮	전망대상척정선
悽戾鼓潚猜妬連	처려고단시투련
麗日和鳴潮夕麗	여일화명조석려
鷄群孤鶴誕生傳	계군고학탄생전

전망대 위에 올라서서 바라보니,
새소리 물소리 시샘하듯 이어지고,
밝고 화창한 날씨 조수와 저녁놀이 아름답고,
진도는 타고난 한 마리의 학이라고 말하네.

沃州(옥주) : 珍島(진도)의 옛 이름
2011(辛卯年 신묘년). 06. 20.

珍島誇矜(진도과긍) - 진도 자랑

珍島沃田情熟呼　　진도옥전정숙호
鬱金紅酒有名俱　　울금홍주유명구
兵塵倭寇民堙退　　병진왜구민인퇴
畵唱詩書人傑敷　　화창시서인걸부

진도는 땅이 기름지고 정이 든다 부르며,
울금, 홍주가 유명하다네.
침략하는 왜구 군민들이 물리쳤고,
시서화창 뛰어난 인물 많다네.

2011(辛卯年 신묘년). 06. 12.

謹賀新年(근하신년) - 새해를 축하함

旰旰迎年聳海東　　간간영년용해동
元元德友覬圓融　　원원덕우기원융
悠長樂樂亨和煦　　유장락락형화후
四宇明時世界中　　사우명시세계중

동쪽 바다에서 새해 맞는 빛이 솟아오르니,
백성들이 덕으로 사귀고 널리 융화하며,
따뜻한 봄 날씨로 오래도록 즐겁게 이루어지고,
천하가 태평 세상으로 우뚝 서기 바라네.

2012(壬辰年 임진년). 01. 26.

冬至迫近(동지박근) - 동지가 가까이 옴

叩叩霏霏倡孟冬   고고비비창맹동
瞳瞳架架待街衝   동동가가대가충
琤琤考考唆元氣   쟁쟁고고사원기
膊膊穰穰覩順從   박박양양기순종

흰 눈이 펄펄 춤추고 노래하며 초겨울을 두드리는데,
거리마다 새해에 새들이 즐겁게 노래하며 기다리고,
맑은 물소리와 북소리의 힘을 받아,
풍년을 알리는 닭 울음소리 기다리며 순종하려네.

2012(壬辰年 임진년). 01. 23.

壬辰新正(임진신정) - 임진년 설날

賤息僑人捿老年   천식교인서로년
慇慇仇儷獨貞專   은은항려독정전
希求步步嚀齋焠   희구보보녕재쉬
歲謁渾家俊秀煎   세알혼가준수전

나이 들어 자식들은 객지에 살고 있고,
부부는 오로지 자식 걱정으로 외로움도 즐기네.
걸음마다 바라는 일 공부에 열중하기 간절하고,
온 가족 모여 세배하는 날 뛰어난 인물 바라네.

2012(壬辰年 임진년). 01. 27.

辛卯臘尾(신묘랍미) - 신묘년 음력 섣달그믐

臘尾師資猤酒肴	납미사자유주효
粗安擧白犳萌芽	조안거백박맹아
末年和豫詩文業	말년화예시문업
布素桃源效則交	포소도원효칙교

세밑에 스승과 제자가 주안상에 열매를 맺으며,
편안하게 술잔을 드니 싹이 터 별똥이네.
늘그막에 편안한 맘으로 학문에 최선을 다하고,
가난해도 교제하고 본받아 배우니 무릉도원이네.

2012(壬辰年 임진년). 01. 17.

怜犆(영동) - 지혜로운 송아지

踊貴殘鄕墮犢牛	용귀잔향타독우
蒼民悶悶濕深憂	창민망망습심우
尸官凍雨姦心錯	시관동우간심착
景命明時選擇抽	경명명시선택추

기우는 농촌에 물가는 오르고 송아지 가격은 내리니,
백성들은 낙심하여 깊은 근심에 젖었네.
벼슬아치들의 간악함으로 진눈깨비 시절이 어지럽고,
대명 받은 사람을 가려서 잘 뽑아야 태평 세상이 올 텐데.

2012(壬辰年 임진년). 01. 07.

作漢詩(작한시) - 한시 짓기

國語難題編漢詩　　국어난제편한시
才分俗客踊愚癡　　재분속객용우치
師宗至敎修心句　　사종지교수심구
勝友塵凡每事儀　　승우진범매사의

국어도 어려운데 한시를 엮는다고,
타고나길 무식하고 멋모르는 데 바보같이 뛰어들었어도,
훌륭한 스승에게 마음 닦는 문구로,
속세에서 좋은 벗과 어울리니 매사가 아름다워.

2012(壬辰年 임진년). 01. 07.

癸巳盛夏炎熱(계사성하염열) - 계사년의 한여름 심한 더위

宇內暑炎謓火神　　우내서염진화신
願望滂沛冀蒸民　　원망방패기증민
羌量荒白暵存活　　강량황백한존활
恂懼偶人睎渡津　　순구우인희도진

화신이 노여워하니 천하가 무덥고,
백성들은 소나기라도 오길 바라네.
메마른 대지에 새들은 무더위에 배고프고,
허수아비도 두려워 나루터 그리워하네.

2013(癸巳年 계사년). 07. 27.

癸巳處暑雨(계사처서우) - 계사년 처서 비

處暑滂沱盡杞憂　　처서방타진기우
紅脣鵲報踊仁柔　　홍진작보용인유
山鷄反復翬歡遊　　산계반복휘환유
接吻斑鳩逐渴求　　접문반구축갈구

처서에 비 내리니 걱정이 없어지고,
피어나는 꽃송이 기뻐서 너울너울.
산허리에선 꿩이 훨훨 날며 즐기고,
애타던 일 이루니 산비둘기도 입 맞추네.

2013(癸巳年 계사년). 08. 23.

枯樹生華(고수생화) - 마른 나무에 핀 꽃

耳順夭夭弱爪牙　　이순요요약조아
紅脣鐵幹妬芳花　　홍순철간구방화
香雲嶺下眈朝夕　　향운영하정조석
仰羨閑華拍彩霞　　앙선한화박채하

나이 육십 되니 아름다운 용모 약해지는데,
고목에 핀 매화나무는 향기롭고 우아하네.
아침 저녁 산기슭에 만발한 꽃 쳐다보니,
저녁노을도 아름다운 꽃을 어루만지네.

2013(癸巳年 계사년). 03. 09.

刻露清秀(각로청수) - 가을 경치가 맑고 수려함

淨空悽戾雁群翔	정공처려안군상
風徹錦楓迎凄凉	풍별금풍영처량
參詣友人譚酌酒	참예우인담작주
戶庭芳菊共祺祥	호정방국공기상

맑은 하늘 기러기 처량히 울며 날고,
가을 맞아 스산하니 단풍잎 곱구나.
벗들과 옛이야기 나누며 술을 따르니,
뜰에 핀 국화 향기 더해져 행복이 함께하네.

2013(癸巳年 계사년). 10. 03.

觀水淸心(관수청심) - 깨끗한 물을 보고 내 마음을 맑게 하고

彩雲明氣暎淵深	채운명기영연심
人庶塵心悛寸心	인서진심준촌심
紅鏡定交和水月	홍경정교화수월
好歌淸友活書林	호가청우활서림

구름도 산천도 깊은 못에 다 비치니,
세상살이의 마음을 깨닫게 되는구나.
아침 해와 아름다운 물과 달이 서로 화합하니,
매화를 노래하고 책을 벗하며 살라 하네.

2013(癸巳年 계사년). 03. 16.

光風霽月(광풍재월) - 비가 갠 뒤의 맑게 부는 바람과 밝은 달
(마음이 넓고 쾌활하여 아무 거리낌이 없는 인품)

戎戒北夷因殆危	융계북리인태위
汗顔存活糾蛛絲	한안존활규주사
擧揚相伴拓來者	거양상반척래자
平世寂常沾四時	평세적상첨사시

북한의 전쟁 준비로 나라는 위태롭고,
거미줄처럼 얽힌 세상 살기 어렵네.
다음 세대는 서로 칭찬하는 세상 되어,
사계절 언제나 태평 세상 누리며 사세나.

2013(癸巳年 계사년). 03. 06.

南橘北枳(남귤북지) - 남쪽에서 자라는 귤이 북쪽 땅으로 옮기면
탱자가 된다

南橘北垂移玉函	남귤북수이옥함
復生爲枳古風談	부생위지고풍담
冷眼溫念活懷撫	냉안온염활회무
教育鴻原敦赤貧	교육홍원도적빈

남쪽 귤을 북쪽으로 정성껏 옮기면,
탱자로 다시 난다는 옛말을 새겨보니,
차가운 눈과 따뜻한 생각으로 어루만지며,
가난하더라도 큰 근본의 교육을 돈독히 하세.

2013(癸巳年 계사년). 03. 03.

老牛舐犢(노우지독) - 늙은 소가 송아지를 핥는다

(자식에 대한 부모의 사랑을 이르는 말)

得男之喜俠根源	득남지희협근원
才弄寂常勞子孫	재농적상노자손
成熟假期捫苦力	성숙가기문고력
允諧修潔慰鴻恩	윤해수결위홍은

대를 이을 아들 낳아 한없이 기쁘고,
아이들 재롱 보며 번뇌 없이 일했네.
자라며 헛된 세월 보내면 힘내 가슴을 어루만지고,
서로 화합하고 행실을 닦아 깨끗하면 큰 은혜라네.

2013(癸巳年 계사년). 03. 01.

大廈棟梁(대하동량) - 큰 집을 지을 때 쓰는 기둥과 들보

伉王當選協賢明	항왕당선협현명
殊位兆民衷奉承	수위조민충봉승
官戒棟梁淸白吏	관계동량청백리
晏然昭代萬家弘	안연소대만가홍

현명한 국민의 선택으로 뽑힌 대통령과
관리들은 진심으로 백성을 섬겨 받들고,
국가의 동량인 공직자가 청렴하며,
모든 집에 태평성대 이루면 마음이 편안하리라.

2013(癸巳年 계사년). 02. 25.

立夏(입하) - 24절기 중 일곱 번째 절기. 양력으로 5월 6일 무렵

翠霞和煦奄青山　　취하화후엄청산
田父浩歌遙返還　　전부호가요반환
鄰保晤談酣更酌　　인보오담감경작
木犀園苑狡柔顏　　목서원원교유안

온화한 날 푸른 아지랑이 청산을 가리고,
늙은 농부의 노랫소리 아득하게 들려오네.
이웃 사람들과 사이좋게 술잔을 나누며 즐기니,
정원의 물푸레나무 부드러이 시샘하네.

2012년(壬辰年 임진년) 05. 19.

七言律詩
칠언율시

當稱必藝都珍島(당칭필예도진도)

당연히 예도 진도라 칭해야

技脈千年化日馳	기맥천년화일치
名家四部競歌詩	명가사부경가시
丹靑筆勢風中舞	단청필세풍중무
絲竹音聲月下知	사죽음성월하지
忠烈遺魂封石義	충렬유혼봉석의
賢儒訓誨印書旗	현유훈회인서기
人文薈萃誰能競	인문회췌수능경
必藝都稱萬古追	필예도칭만고추

예능의 맥은 천년을 이어 변화를 몰고 달려왔고,
시·서·화·창의 명인들이 서로 겨루듯 솟아났으며,
단청의 붓놀림은 바람 속에 춤추고,
비파와 거문고 소리는 달빛 아래서 울려 퍼지네.
충절의 혼은 돌에 새겨 의로움 되살리고,
현명한 유학자들의 가르침은 책과 깃발에 남았네.
이토록 인문이 모인 곳, 어느 누가 겨룰 수 있으랴,
만고에 문화예술의 수도라 불려야 마땅하리라.

註(주) : 藝都珍島(예도진도) - 文化藝術(문화예술) 首都(수도) 珍島(진도)의 略稱(약칭)

2025(乙巳年 을사년). 05. 07.

藝都珍島(예도진도)

문화예술 수도 진도

濤聲鼓角動潮期	도성고각동조기
筆下山川吐秀姿	필하산천토수자
太古遺風今不衰	태고유풍금불쇠
三韓文氣世人思	삼한문기세인사
舞臺玉步飛霓裳	무대옥보비예상
畫閣丹靑煥錦旗	화각단청환금기
誰道海隅無大器	수도해우무대기
藝都稱必豈徒悲	예도칭필기도비

파도 소리와 북소리는 예향의 때를 일깨우고,
붓끝에서는 산천이 빼어난 자태를 토하네.
태고의 전통은 지금도 시들지 않고,
삼한의 문화 기운은 온 세상 사람들이 사모하네.
무대 위 옥 같은 발걸음은 신선의 옷을 휘날리고,
화려한 단청의 누각은 비단 깃발처럼 빛나네.
어느 누가 이 해변 끝에 인물이 없다 하랴?
예도의 이름, 반드시 불려야지, 그저 아쉬워할 일인가?

2025(乙巳年 을사년). 06. 04.

讚美藝都珍島(찬미예도진도)

예도 진도를 찬미하며

技苑根深啓後師	기원근심계후사
丹靑墨妙各爭奇	단청묵묘각쟁기
尖山筆勢留眞跡	첨산필세류진적
珍島歌聲傳麗辭	진도가성전여사
海遠潮來詩境發	해원조래시경발
浮光霞映聖賢思	부광하영성현사
千門燈火吾伊脈	천문등화오이맥
不息螢窓藝祕馳	불식형창예필치

예능의 동산은 뿌리 깊어 후학들을 일깨우고,
단청과 먹빛의 묘미는 저마다 기이함을 겨루며,
첨찰산(尖察山)의 붓 기세는 참된 자취를 남기고,
진도의 노랫소리는 고운 시어로 퍼져 가네.
멀리서 밀려드는 바닷물은 시흥을 일으키고,
떠오른 노을빛은 성현의 사색을 비추며,
불 밝힌 집집이 글 읽는 소리 이어가고,
반딧불 창가 아래 예술의 향기 그치지 않네.

2025(乙巳年 을사년). 06. 14.

頌藝都珍島(송예도진도)

예도 진도를 기리며

椿海波明抱玉陽	춘해파명포옥양
紅花照水艶無雙	홍화조수염무쌍
松聲遠送琴音靜	송성원송금음정
鶴影高翔候雁長	학영고상후안장
詩禮千年傳古調	시례천년전고조
丹靑萬戶散春香	단청만호산춘향
誰知文化根深處	수지문화근심처
珍島藝都是我鄉	진도예도시아향

봄바다 물결은 옥빛으로 햇살을 품고,
붉은 동백꽃 물 위에 비쳐 그 고움이 둘도 없네.
솔바람 멀리서 거문고 소리 잠들고,
학 그림자 높이 날자 기러기 소리 길게 울리네.
시예(詩禮)의 전통 오랜 세월 옛 가락을 전하고,
단청 빛 고운 집집 봄 향기 흩날리네.
누가 알랴, 이 문화의 뿌리 깊은 곳을
예도(藝都) 진도여, 그곳이 곧 나의 고향이라네.

2025(乙巳年 을사년). 05. 22.

讚芝幕里(찬지막리)

지막리를 기리며

竹青山色繞村莊	죽청산색요촌장
風送鐘聲入夕陽	풍송종성입석양
沃壤千苗耕意遠	옥양천묘경의원
淸流一道旅魂長	청류일도여혼장
相親氣滿鄰和里	상친기만인화리
笑語兒童樂韻揚	소어아동악운양
芝幕舒懷仁厚重	지막서회인후중
最憐此地是行鄕	최련차지시행향

죽청산 산색이 마을을 두르고,
저녁 햇살 속으로 풍경소리 스며드네.
기름진 들판엔 농심이 깊고,
한 길의 맑은 물결은 긴 여행이네.
이웃이 서로 친하고 화기가 가득하며,
아이들 웃음소리 노랫가락으로 울려 퍼지네.
지막 사람 마음은 두텁고 자비로워,
내 가장 사랑하는 곳, 바로 가고 싶은 마을이라네.

2025(乙巳年 을사년). 05. 27.

追慕外慈(추모외자)

외할머님을 그리며 생각함

慈影依稀夢裏思	자영의희몽리사
庭前舊語夜深時	정전구어야심시
春寒乏飯燈猶靜	춘한핍반등유정
嚴冷無衣淚欲垂	엄랭무의루욕수
操性剛方扶弱體	조성강방부약체
心腸軟處念孤兒	심장연처념고아
一生孫子悅身苦	일생손자열신고
今日田園報未遲	금일전원보미지

자애로운 모습은 희미하게 꿈속에 떠올라 그리고,
뜰 앞에서 지난 말씀은 밤이 깊을수록 귓가에 맴도네.
봄 찬바람 속에 끼니도 못 잇는 날에도 등불은 고요했고,
매서운 추위에 옷 한 벌 없이, 눈물만 뚝뚝 떨어지셨네.
굳센 성품으로 병약한 제 몸을 부축하셨고,
부드러운 마음으론 외로운 손자 걱정뿐이셨네.
한평생 손자를 위해 기꺼이(기쁘게) 몸 고생하셨으니,
이제야 논밭 일구며 갚고자 하나 너무 늦었습니다.

2025(乙巳年 을사년). 05. 04.

追慕慈母(추모자모)

어머님을 그리며 생각함

荒歲孤燈映子思	황세고등영자사
飢寒一背寸心知	기한일배촌심지
田耕露濕衣還補	전경로습의환보
釜寂炊殘飯不辭	부적취잔반불사
碎影挑燈縫舊服	쇄영도등봉구복
勞身換米賃寒時	노신환미임한시
如今悔淚成風雨	여금회루성풍우
負却慈恩欲若悲	부각자은욕약비

흉년 속 외로운 등불에 자식을 위한 그리움 비치고,
굶주림과 추위는 한 몸에 짊어졌으나 작은 정성이라 아셨네.
논밭 일구며 이슬에 젖은 옷을 다시 기워 입고,
솥은 고요하되 남은 밥을 끓이며 싫다 하지 않으셨네.
부서진 그림자 등불 아래서 낡은 옷을 꿰매시고,
몸을 혹사하며 찬바람 속 품팔이로 쌀을 바꾸셨네.
이제 와 흘리는 후회의 눈물은 바람과 비가 되고,
어머님의 은혜를 저버린 죄스러움에 슬픔이 북받쳐라.

2025(乙巳年 을사년). 05. 08.

希子孫自強不息(희자손자강불식)

자손들이 스스로 강하고 쉬지 않기를 바라며

天命無窮在己中	천명무궁재기중
勤耕厚德守家風	근경후덕수가풍
心田澄靜如蒼竹	심전징정여창죽
學道滋深似翠松	학도자심사취송
子志長存餘海岳	자지장존여해악
祖恩遙托上辰宮	조은요탁상진궁
自強不息傳千載	자강불식전천재
家道光明若曉鐘	가도광명약효종

하늘의 뜻은 끝이 없으니, 스스로에게 달려 있고,
부지런히 밭 갈고 두터운 덕으로 가풍을 지키리라.
마음의 밭은 맑고 고요하여 푸른 대나무 같고,
배움의 길은 깊이 자라 푸른 솔과도 같네.
자손의 뜻은 바다와 산처럼 길이 남으며,
조상의 은혜는 멀리 하늘의 별궁에 의탁하리라.
스스로 강하여 쉬지 않음이 긴 세월 이어지면,
가문의 도는 새벽 종소리처럼 밝게 울리리라.

2025(乙巳年 을사년). 10. 12.

題跋文(제발문)

제사(題辭)와 발문(跋文) (글이나 그림의 제목 아래에 덧붙여 쓰는 글)

家訓之本 在於自强　　가훈지본 재어자강
祖德流光 千古不息　　조덕류광 천고불식
竹節松心 可法而難繼，　죽절송심 가법이난계
唯志不衰 則風長存　　유지불쇠 칙풍장존

가훈의 근본은 스스로 강함에 있고,
조상의 덕은 빛나서 오랜 세월에 그치지 않는다.
대나무의 마디, 소나무의 마음은 본받기 어려우나,
뜻이 쇠하지 않으면 그 가풍은 길이 남으리라.

2025(乙巳年 을사년). 10. 12.

望子孫成器(망자손성기)

자손이 인물이 되기를 바라며

惸孤勞苦幾寒暑	경고로고기한서
感佩難求未恨無	감패난구미한무
夢繫兒孫心底結	몽계아손심저결
望成仁道世間儒	망성인도세간유
謙辭讓步人皆悅	겸사양보인개열
忍困堅窮抛棄途	인곤견궁포기도
但願平安終歲月	단원평안종세월
天倫之樂滿庭趨	천륜지락만정추

독신자로 수고하며 보낸 세월이 얼마나 많았던가,
감사할 일조차 드문 삶이었지만 원망은 없었네.
자식과 손주 생각이 마음속 깊이 맺혀,
세상에서 인의(仁義)의 도리를 이루는 사람이 되기를 바라네.
겸손히 말하고 양보하면 사람들도 기뻐할 것이며,
고난을 참고 굳은 뜻을 결단코 포기하지 마라.
다만 평안하게 한평생 살아가기를 원하고,
가족의 기쁨이 온 집안에 가득하길 기원하노라.

2025(乙巳年 을사년). 10. 05.

讚歌珍島紅酒(찬가진도홍주)
진도홍주 찬가

丹脣滿酌醉魂揚	홍순만작취혼양
厚味千年濩萬鄕	후미천년호만향
成熟香濃傳四海	성숙향농전사해
肴蔬鼓舞動華堂	효소고무동화당
淸談擧白俱嘉釀	청담거백구가양
月迪金樽漾夕陽	월적금준양석양
朋友典常諧自樂	붕우전상해자락
沃州紅酒必繁昌	옥주홍주필번창

붉은 입술에 술을 가득 따르니, 혼이 취해 흥이 오르고,
진한 맛은 천년을 이어와 만 고을에 퍼지네.
성숙한 짙은 향이 온 천하에 전해지고,
안주와 채소에 흥이 더해 화려한 집안이 꿈틀대네.
청아한 이야기로 맛 좋은 술을 함께 나누니,
화려한 술통이 달빛 따라 저녁노을에 출렁이네.
벗들과 도리를 지켜가며 어울리고 스스로 즐거우니,
진도홍주는 필연코 번창하리라.

2025년(乙巳年 을사년). 08. 30.

事必歸正(사필귀정)

모든 일은 반드시 바른길로 돌아감

是非雲霧蔽蒼天	시비운무폐창천
曲直難分亂若煙	곡직난분난약연
一旦春風開覺路	일단춘풍개각로
千重積怨化詩篇	천중적원화시편
正心自可扶危世	정심자가부위세
直道終能撥曉川	직도종능발효천
報應循環眞理在	보응순환진리재
人間萬事必歸先	인간만사필귀선

시비가 구름과 안개처럼 하늘을 덮어
옳고 그름을 분별하기 어려워 연기처럼 어지럽네.
한 번 봄바람이 불면 깨달음의 길이 열리고,
쌓였던 천 겹 원한도 시편으로 녹아가리.
바른 마음은 스스로 어지러운 세상을 바로잡고,
곧은 길은 마침내 새벽 물결을 트리라.
인과응보의 이치로 돌고 도는 진리가 있으니,
세상만사는 반드시 바른 데로 돌아가리라.

2025(乙巳年 을사년). 10. 22.

頌祝珍島民俗文化藝術特區指定
(송축진도민속문화예술특구지정)
진도 민속문화 예술 특구 지정을 송축하며

沃州吾愛竪珍珠	옥주오애수진주
民俗藝文稱特區	민속예문칭특구
詩畵唱書磨美化	시화창서마미화
打令歌曲順酣呼	타령가곡순감호
好音才筆自神悅	호음재필자신열
山水鼓澶興婉愉	산수고단흥완유
明氣達人推發起	명기달인추발기
玉堂多寶笑相扶	옥당다보소상부

내 사랑 진도가 진주로 바로 서,
민속문화예술 특구 되었네.
시서화창 갈고 아름답게 만드니,
노래와 가락 즐겨 불러 판소리요.
뛰어난 시문 기쁜 소식에 흥이 절로절로,
콸콸 물소리 산수화로 흥겹게 즐기고,
아름다운 산천 달인의 생각을 펼쳐,
보물의 옥당 서로서로 꽃피우세.

2013년(癸巳年 계사년). 11. 05.

讚金正和代表善行(찬김정화대표선행)

김정화 대표 선행을 기리며

濟女遺風傳赤基	제녀유풍전적기
紅香一醥潤民肢	홍향일록윤민지
甘泉灌壤分餘穀	감천관양분여곡
芬液流觴散勝貲	분액류상산승자
名動三韓開酒苑	명동삼한개주원
志懷五岳奮雄姿	지회오악분웅자
鄕心不改憂天下	향심불개우천하
高節千秋照日旗	고절천추조일기

제주의 여인 김만덕의 유풍이 붉은 땅(진도)에 전해지고,
붉은 향기 맑은 술 한 잔이 백성의 사지를 적시네.
감미로운 샘물 땅을 적시듯 곡식을 나누고,
향기로운 술이 잔에 흐르듯 귀한 자산을 널리 나누네.
삼한에 이름이 울려 술의 정원이 열리고,
오악을 품은 큰 뜻이 웅장한 기상을 떨치네.
진도 사랑 변치 않고, 나라의 미래를 걱정하며,
고결한 절조는 천추에 해처럼 빛나는 깃발이 되리라.

2025(乙巳年 을사년). 10. 08.

事必歸正有感(사필귀정유감)

모든 일은 반드시 바른길로 돌아감을 느끼며

天道循環理自澄	천도순환리자징
人間曲直有憑憑	인간곡직유빙빙
奸機一瞬終難克	간기일순종난극
正氣千秋必自騰	정기천추필자등
靜夜省心眞悟本	정야성심진오본
日高修德見高興	일고수덕견고흥
忠言逆耳非無益	충언역이비무익
事到終頭返本能	사도종두반본능

하늘의 이치는 순환하며, 그 이치 또한 스스로 맑아지니,
세상의 굽고 곧음도 결국은 의지할 진리가 있네.
간사한 꾀는 잠시 이기는 듯해도 결국 이기지 못하고,
정기의 기운은 천년을 이어 스스로 높이 오르리라.
고요한 밤, 마음을 살피며 본래의 진리를 깨닫고,
해가 높이 뜨면 덕을 닦은 결과가 고상한 흥취로 드러나네.
충직한 말이 귀에 거슬릴지라도 헛되이 들리는 것은 아니며,
일이 끝에 이르면 본래의 바른길로 돌아가는 것이라네.

2025(乙巳年 을사년). 08. 25.

自反而縮(자반이축)

스스로 돌이켜보아 정직해야

省己愼言夜氣融	성기신언야기융
靜中常恐失初衷	정중상공실초충
人間事遠難藏影	인간사원난장영
天道心明不混同	천도심명불혼동
自覺終身能立品	자각종신능립품
毋忘寸念可成躬	무망촌념가성궁
回頭最是知非處	회두최시지비처
一鏡懸來照始終	일경현래조시종

자신을 살피고 언행을 삼가니 밤기운이 부드럽고,
고요한 가운데 늘 처음의 뜻을 잃을까 두렵네.
세상의 일은 멀어도 그림자처럼 드러나 숨기기 어렵고,
하늘의 도는 마음속까지 비추어 혼탁함과 섞이지 않네.
스스로 깨닫는 이가 평생 품격을 세울 수 있으며,
한 치의 생각이라도 잊지 않으면 바로 몸을 이루리.
돌아보건대 가장 귀한 깨달음은 과오의 자리이니,
한 거울을 걸어 두고 처음과 끝을 함께 비추리라.

2025(乙巳年 을사년). 09. 12.

正氣自興有感(정기자흥유감)

스스로 바른 기품이 솟아오름을 느끼며

天行無私理明澄	천행무사리명징
世道曲平信可憑	세도곡평신가빙
小巧難藏終自敗	소교난장종자패
仁風常在滿乾坤	인풍상재만건곤
靜中省己窮玄道	정중성기궁현도
日照修身見德勳	일조수신견덕훈
忠諫雖嚴祇有補	충간수엄지유보
萬機歸正復其真	만기귀정복기진

하늘의 운행은 사사로움이 없고, 그 이치는 깨끗하고 맑아,
세상의 굽고 고름도 믿을 만한 근본이 있다네.
잔꾀는 숨길 수 없어, 끝내 스스로 무너지고,
인풍은 언제나 존재하여, 하늘과 땅에 가득하네.
고요 속에 자신을 반성하며, 깊은 도리를 탐구하고,
햇살이 비추듯 몸을 닦으면, 덕의 빛남이 드러나네.
충언은 비록 엄하나, 다만 도움이 되는 법이고,
만사는 바름으로 돌아가, 본래의 진실을 회복하리.

2025(乙巳年 을사년). 06. 22.

讚美珍島風光(찬미진도풍광)

진도 경치를 찬미하며

碧海紅霞染夕陽	벽해홍하염석양
玉汀細浪潤砂場	옥정세랑윤사장
天涯孤島藏仙色	천애고도장선색
藝脈千年吐異香	예맥천년토이향
牧笛和雲連遠壟	목적화운련원롱
漁歌帶月繞深塘	어가대월요심당
誰知此處風光勝	수지차처풍광승
一片靑山寫錦章	일편청산사금장

푸른 바다와 붉은 노을이 석양을 물들이고,
옥 같은 포구에 잔물결은 모래밭을 적시네.
하늘 끝 외딴섬엔 신선의 빛이 숨겨져 있고,
예술의 맥은 천년이나 이어져 기이한 향기를 토하네.
목동의 피리는 구름과 어울려 들판을 두르고,
어부의 노래는 달빛에 실려 깊은 연못을 휘도네.
누가 알랴, 이곳 풍광이 으뜸임을,
한 폭의 푸른 산이 비단 위에 문장을 쓰고 있네.

2025(乙巳年 을사년). 05. 20.

懷舊李舜臣忠魂(회구이순신충혼)

이순신 장군의 충혼을 회고하며

一死何辭報國忠	일사하사보국충
風濤萬里戰魂雄	풍도만리전혼웅
龜舟破浪如飛劍	귀주파랑여비검
忠血染沙化赤松	충혈염사화적송
吏議謀除心更直	이의모제심갱직
民哀祭弔淚猶濃	민애제조루유농
至今海氣傳英烈	지금해기전영렬
日月長懸義士功	일월장현의사공

한 번 죽어도 나라 위해 충성을 갚겠다 맹세하고,
만 리 풍파 속에서도 전장의 혼이 씩씩하였네.
거북선은 파도를 깨며 나는 칼 같았고,
충성의 피는 모래를 물들여 붉은 솔이 되었네.
벼슬아치의 모함에도 마음은 더욱 곧았으며,
백성의 슬픈 제사에 흘리는 눈물은 여전히 짙구나.
지금 바다 위에 어린 기운은 영웅의 혼을 전하고,
해와 달은 길이 충절의 공을 비추어 높이 매달려 있네.

2025(乙巳年 을사년). 08. 12.

讚美珍島枸杞子(찬미진도구기자)

진도 구기자 찬미

紫蕊纖花照野香	자예섬화조야향
朱顆圓熟潤柔腸	주과원숙윤유장
秋深藥圃紅珠發	추심약포홍주발
露重仙根碧葉藏	노중선근벽엽장
補腎明眸扶老病	보신명모부로병
強腰健體助時方	강요건체조시방
年年採摘南珍島	연년채적남진도
滋味長傳枸杞昌	자미장전구기창

자줏빛 섬세한 꽃이 들녘을 향기롭게 밝히고,

붉은 열매 탐스럽게 익어 부드러운 장기를 윤택하게 하네.

가을 깊은 약초밭에는 붉은 구기자 열매 맺히고,

이슬 맺힌 선인(仙人)의 뿌리는 푸른 잎 속에 숨어있네.

신장을 보하고 눈을 밝히며 노인병을 도우며,

허리를 튼튼하게 하고 몸을 건강하게 하네.

해마다 남쪽 바다의 진도에서 구기자를 따며,

그 맛과 효능이 오래도록 전해져 구기자의 이름을 빛내네.

2025(乙巳年 을사년). 07. 26.

願時和年豊(원시화년풍)

시국은 태평하고 농사는 풍년들기를 원함

東郊雨露摠欣迎	동교우로총흔영
南畔新禾發颯聲	남반신화발삽성
白鷺橫飛田舍靜	백로횡비전사정
紅霞斜照縣金城	홍하사조현금성
耕耘力厚民資足	경운력후민자족
畜積倉盈歲運盈	축적창영세운영
但願太和持四海	단원태화지사해
風光滿地保升平	풍광만지보승평

동쪽 교외에 단비와 이슬이 고루 내려 모두 기쁘게 맞이하고,
남쪽 두둑의 벼 이삭 사이엔 산들바람 일렁이네.
백로는 자유로이 날고 농가 들판은 고요하며,
노을은 비스듬히 비춰 금성을 붉게 물들이네.
밭 갈고 김매는 힘이 두터우니 백성의 자원은 넉넉하고,
창고에 곡식이 가득 차 해마다 운수와 복이 충만하네.
다만 태평한 기운이 사해를 지켜주길 원하며,
온 땅에 덕화가 빛나 평화가 오래 지속되기를.

2025(乙巳年 을사년). 10. 03.

鳴梁大捷祝祭(명량대첩축제)

명량대첩축제

怒濤裂海響天鐘	노도렬해향천종
忠烈神猷氣不窮	충렬신유기불궁
血戰孤舟擎日月	혈전고주경일월
長驅倭敵蕩西東	장구왜적탕서동
鼓聲再震奔雷陣	고성재진분뢰진
劍影猶殘映水紅	검영유잔영수홍
勝捷傳來昭國禮	승첩전래소국례
海疆壯志與民同	해강장지여민동

분노한 파도 바다를 가르며, 천종이 진동하고,
충렬하고 신묘한 계책의 기운 무궁하네.
피의 싸움 속 외로운 배는 해와 달을 떠받쳐,
온 나라 휩쓴 왜적을 몰아내어 깨끗이 정리하였네.
북소리 다시 울려 퍼져 천둥처럼 달리는 진형이 펼쳐지며,
검의 그림자 아직도 남아 물 위에 붉게 비추네.
승전의 기림이 전래 되고 나라의 예절을 밝혀,
바다의 국경을 지킨 장한 뜻 국민과 함께하리.

2025년(乙巳年 을사년). 09. 16.

吾愛珍島(오애진도)

내 사랑 진도

綠葉冬花映夕陽　　녹엽동화영석양
長汀白鳥舞流光　　장정백조무류광
精魂忠烈珍橋在　　정혼충렬진교재
紅酒徐來喝采香　　홍주서래갈채향
三別忘詩書莫氣　　삼별망시서막기
永傳萬代畵圖章　　영전만대화도장
濤聲勁響催歌舞　　도성경향최가무
翩若丹心戀故鄉　　편약단심련고향

푸른 잎 사이 동백꽃, 석양에 물들고,
긴 바닷가에 백로가 달빛 따라 춤을 추네.
충무공의 넋이 진도대교 위에 살아 숨 쉬고,
홍주는 천천히 다가와 갈채 속에서 향기를 머금었네.
삼별초의 나라 사랑, 시서의 기개를 잊지 말고,
그림과 문장의 맥을 대대로 이어가야 하리.
파도 소리 힘차게 울려 노래와 춤을 재촉하니,
단심으로 빠르게 날아 고향을 사랑하리라.

2025(乙巳年 을사년). 07. 05.

願師道復興(원사도부흥)

사도가 다시 일어나기를 원하며

白首尊儒歲月時　　백수존유세월시
庭幃講席誨兒知　　정위강석회아지
書聲半夜穿雲出　　서성반야천운출
道脈千年立世基　　도맥천년립세기
筆底煙霞藏警句　　필저연하장경구
心頭日月照春熙　　심두일월조춘희
尊師厚道垂門表　　존사후도수문표
再起東方禮樂期　　재기동방례악기

백발이 되도록 유학을 숭상했던 세월의 때를 생각하니,
뜰에는 강석이 펼쳐지고, 어린이들에게 가르침을 주었네.
글 읽는 소리는 깊은 밤 구름을 뚫고 퍼져나가고,
천년의 도맥은 세상을 떠받치는 근본이었네.
붓 밑의 운치 속에는 사람을 일깨우는 말이 담겨 있고,
마음속 해와 달은 봄날처럼 따뜻한 밝음을 비추네.
스승을 공경하고 인의의 도를 실천함은 집안의 명성으로 전해져,
다시 동방의 예악(禮樂)이 일어나는 그 날을 기약하네.

2025년(乙巳年 을사년). 09. 20.

希師道復興(희사도부흥)

사도가 다시 일어나기를 바라며

講壇寂寞問當時	강단적막문당시
誰解薪傳聖道知	수해신전성도지
虛室燈前無影筆	허실등전무영필
濁流世下失根基	탁류세하실근기
唯餘典籍存遺訓	유여전적존유훈
猶幸丹心照舊熙	유행단심조구희
願有眞師扶學脈	원유진사부학맥
重開東國禮文期	중개동국례문기

강단은 적막한데 그 시절을 묻노니,
누가 땔나무 더해 성스러운 도를 전하리요?
빈방 등불 아래, 그림자 없는 붓뿐이니,
흐린 세상 물결에, 근본마저 무너졌네.
다만 옛 책만 남아, 가르침을 전하니,
오히려 다행으로 정성스러운 마음이 옛 빛을 밝히네.
참스승 있어 학문의 맥을 다시 세우길 바라며,
다시 여노라, 동방의 예의 문명을.

2025년(乙巳年 을사년). 09. 20.

冥府殿 有感(명부전유감)

명부전에서 느낌

幽殿香煙散寂塵	유전향연산적진
千秋古刹靜無人	천추고찰정무인
漢風遺跡留雲外	한풍유적유운외
百濟靈燈照世新	백제영등조세신
慈海廣開生死路	자해광개생사로
悲門盡日鬼神身	비문진일귀신신
願憑佛力超三界	원빙불력초삼계
萬有同歸一法眞	만유동귀일법진

그윽한 전각엔 향연이 흩어져 적막한 티끌뿐이요,
천추의 옛 사찰은 고요히 사람 자취도 드무네.
한나라의 풍류 자취는 구름 밖에 남았으되,
백제의 영등은 세상을 새롭게 비추는구나.
자비의 바다는 넓게 열려 생사길을 건너게 하고,
슬픔의 문 안에서 귀신들이 온종일 몸을 편히 두네.
부처님의 힘을 의지하여 삼계를 초월하길 원하노니,
만물이 다 함께 한 법의 참됨으로 돌아가리라.

2025(乙巳年 을사년). 05. 05.

望師道復興(망사도부흥)

사도가 다시 일어나기를 기대하며

授業傳經舊習時	수업전경구습시
尊師厚道世應知	존사후도세응지
風儀正立民爲範	풍의정립민위범
教化隆興國有基	교화융흥국유기
白髮猶存懷孔孟	백발유존회공맹
丹心願植振唐熙	단심원식진당희
春秋一脈精神續	춘추일맥정신속
更起薪光照後期	갱기신광조후기

수업할 때 경전을 전하던 옛날의 좋은 때를 생각하며,
스승을 존경하고 도를 두텁게 하던 풍속을 세상이 마땅히 알아야
하네.
풍속과 예의가 바르게 서면, 백성이 본보기로 삼게 되고,
교화가 융성하면 나라에도 그 기초가 생기네.
백발이 되었어도 여전히 공자와 맹자를 마음에 품고 있으며,
단심으로 당대의 영화로움을 다시 일으키기를 원하네.
춘추시대 이래의 맥을 잇는 정신은 지금도 계속되어야 하니,
이 불씨의 빛이 다시 일어나 후대까지 비추길 바라네.

2025년(乙巳年 을사년). 09. 15.

耕稼(경가)

경작

沃田耕稼渫陽春	옥전경가설양춘
忙劇麥浪充綠新	망극맥랑충록신
嘉穀嫩芽要老圃	가곡눈아요노포
酒肴餔食蓋黃塵	주효포식개황진
山隅灼灼逑雄稚	산우작작구웅치
玉骨由由掉屈身	옥골유유도굴신
哺夕子規哀切哭	포석자규애절곡
汗顏登歲願翁人	한안등세원옹인

비옥한 밭에 곡식을 심으니 따뜻한 봄이 출렁이고,
바람에 보리밭 물결치니 파란 싱그러움 가득하구나.
벼가 싹 트기를 바라는 늙은 농부,
술과 안주 새참 드니 누런 먼지 덮는구나.
수꿩은 짝을 부르고 산모퉁이엔 꽃이 피어 늘어지고,
매화나무는 여유롭게 굽은 몸을 흔드네.
해 질 무렵 소쩍새는 애절하게 우는데,
땀에 젖은 늙은 농부 풍년을 기원하네.

2012년(壬辰年 임진년). 05. 26.

送友人(송우인)
친한 친구를 보내며

殘暑積雲漂故山	잔서적운표고산
匹群忠朴勉開顔	필군충박면개안
錦虹麗日梁空谷	금홍려일량공곡
淸籟前宵瀨返還	청뢰전소뢰반환
霞旭惠風侁宿霧	하욱혜풍신숙무
隴禽貞木侶林間	롱금정목려림간
竹園知己俟家信	죽원지기사가신
今友不歸流客寰	금우불귀류객환

새벽녘 뭉게구름 고향 위에 떠돌고,
부지런한 동료는 소박한 웃음 짓네.
화창한 날 골짝엔 무지개다리를 놓고,
지난밤 맑은 바람 여울로 돌아가네.
아침노을 봄바람에 묵은 안개 걷히고,
앵무새는 소나무 숲에서 짝을 찾네.
죽원에서 친구의 소식 오길 기다려도,
돌아오지 않는 벗은 이 세상 떠도는 나그네인가?

2012년(壬辰年 임진년). 06. 02.

思索晚秋(사색만추)

늦가을의 깊은 생각

林下黃花露氣凉	임하황화로기량
天邊雁影爽南陽	천변안영삽남양
山空遠黛凝秋思	산공원대응추사
水靜微波動夕光	수정미파동석광
片片紅楓書意遠	편편홍풍서의원
行行白露濕衣裳	행행백로습의상
一襟風月開幽昧	일금풍월개유매
滿目江村共渺茫	만목강촌공묘망

수풀 아래 누른 꽃에 이슬은 차고,

하늘가 기러기 그림자는 남쪽으로 빠르게 날아가네.

빈 산의 먼 푸르름은 가을 사색을 머금고,

물은 고요히 출렁이며 저녁 햇살을 반사하네.

한 잎 한 잎 붉은 단풍엔 그윽한 뜻이 담기고,

하염없이 걷는 길에 흰 이슬이 옷자락을 적시어라.

가슴 가득 바람과 달빛은 고요히 새벽을 열고,

눈에 가득한 강촌 아득하게 펼쳐지네.

2025(乙巳年 을사년). 10. 04.

祖上崇拜(조상숭배)

조상(祖上)의 영혼(靈魂)을 숭배(崇拜)함

聖訓如燈照世容	성훈여등조세용
先賢道脈貫寒冬	선현도맥관한동
敬宗睦族遺風厚	경종목족유풍후
養志修身祖澤濃	양지수신조택농
禮樂荒疏民氣怯	예악황소민기겁
浮華熾熱俗心凶	부화치열속심흉
惟祈後嗣扶綱紀	유기후사부강기
不墜家聲比嶽松	불추가성비악송

성스러운 가르침은 등불처럼 세상의 모습을 비추고,
선현의 도의 맥은 겨울 추위 속에도 이어지네.
조상을 공경하고 일가를 화목하게 함은 두터운 전통이며,
뜻을 기르고 몸을 닦는데 조상의 덕이 깊게 스며있네.
예악은 쇠퇴하고 백성의 기개는 움츠러들고,
허영이 치열하여 사람들의 마음은 흉해 가네.
다만 후손들이 기강을 다시 세우기를 바랄 뿐이니,
가문의 이름이 무너지지 않고, 산악의 소나무처럼 꿋꿋하길.

2025(乙巳年 을사년). 01. 06.

暴炎夏至(폭염하지)

하지 때 심한 무더위

白雷耕械酷陽光	백뢰경계혹양광
忙劇隴禽蒸滿堂	망극롱금증만당
勤力耙夫零幸冀	근력파부령행기
蒼庚安享醉花香	창경안향취화향
炎陽倦苦憧淸籟	염양권고동청뢰
溽暑溝渠盾女墙	욕서구거순여장
飢渴木公要鵲報	기갈목공요작보
暈輪龍沼伺河床	훈륜용소사하상

기계 소리 우렁차니 햇빛이 모질고,

앵무새가 바삐 움직여 방 안 사람을 찌네.

부지런히 써레질하는 농부 비를 바라는데,

꾀꼬리는 편안히 꽃향기에 취해 있네.

내리쬐는 햇볕 괴로워 바람 소리 그립고,

무더위로 도랑물은 성가퀴에 숨네.

소나무는 목말라 기쁜 소식 바라고,

햇무리 웅덩이에서 하천 밑을 엿보네.

2012년(壬辰年 임진년). 06. 01.

辛卯夏至(신묘하지)

신묘년 하지

碧空元氣暖紅吹	벽공원기난홍취
風籟露珠侵早危	풍뢰로주침조위
麥浪耙夫恩沃野	맥랑파부총옥야
子規彫琢翠陰綏	자규조탁취음수
江南燕返朋飛侶	강남연반붕비려
鵲報殘鄕笑笑遲	작보잔향소소지
淨水澗谿如野馬	정수간계여야마
晏淸平世景光離	안청평세경광리

푸른 하늘 해가 기운을 부추기니,
이른 아침 바람 소리에 이슬방울 두려워라.
보리는 한들한들 농부는 써레질 바쁘고,
소쩍새 숲속에서 한가히 모이 쪼네.
강남 갔다 돌아온 제비 짝지어 나니,
기우는 농촌 웃음꽃 피는 기쁜 소식 바라네.
아지랑이 속으로 깨끗이 흐르는 맑은 물처럼,
화평하고 깨끗한 세상 기다려지네.

2011(辛卯年 신묘년). 06. 24.

五日市秋景(오일시추경)
오일시 가을 경치

稻雲忙劇夜遊離	도운망극야유리
阡陌沃田畋食嬉	천맥옥전전식희
童幼匹儕敖耽耽	동유필제오탐탐
古城山照睡眠辭	고성산조수면사
斑鳩跋剌爲希革	반구발랄위희혁
出日峰歸燕急追	출일봉귀연급추
雲錦眺高商信美	운금조고상신미
野人無曆送歡怡	야인무력송환이

벼가 바쁘게 익어가니,
비옥한 논 밭두렁에서 농부들 즐거워하네.
아이들은 즐겨 노는데,
고성은 산에 해가 비춰 낮잠을 청하네.
산비둘기 날아오르며 털갈이하는데,
출일봉 제비들은 강남 준비 한창이네.
아침노을 바라보니 너무 아름다워,
시골에 묻혀 날짜 가는 줄도 모르네.

2011(辛卯年 신묘년). 10. 07.

讚美五日市(찬미오일시)

오일시를 칭송하며

水溢村頭記舊名	수일촌두기구명
長登岡畔氣長春	장등강반기장춘
田疇沃壤多蔬穀	전주옥양다소곡
市肆希繁接古人	시사희번접고인
溪響依稀通里巷	계향의희통리항
雲光參差映浦津	운광참차영포진
世情雖改心猶厚	세정수개심유후
吾土常留赤子眞	오토상류적자진

물이 자주 넘쳐 '무내미'라 불리던 옛 이름이 남아 있고,
장등 언덕에는 봄의 기운이 길게 이어지네.
논과 밭은 비옥하여 채소와 곡식이 무성하며,
시장은 예전만큼 활기는 적지만, 옛사람의 맥은 이어졌네.
시냇물 소리는 아스라이 마을 길을 따라 흐르고,
구름 빛은 포구 위에 들쭉날쭉 드리워지네.
세월이 바뀌어도 사람의 정은 두터우니,
우리 고향에는 언제나 순박한 참마음이 남아 있다네.

2025(乙巳年 을사년). 05. 25.

懷五日市(회오일시)

오일시를 가슴에

山川依舊抱村池	산천의구포촌지
紅葉蒼煙入暮靄	홍엽창연입모애
故友凋零空綺念	고우조령공기념
新畦綠潤滿田畦	신휴록윤만전휴
燈寒野店人波稀	등한야점인파희
笛遠漁舟雁引悲	적원어주안인비
一片惟餘鄉內在	일편유여향내재
秋暉對此感弘深	추휘대차감홍심

산천은 예전 그대로 마을과 못을 감싸고,
붉은 단풍과 푸른 연기가 저녁 안개에 스며드네.
옛 친구는 세상을 떠났어도 화려한 생각만 남았고,
새 밭두둑마다 푸른 윤기가 고르게 번지네.
등불은 차고, 주막엔 인적이 드물며,
멀리서 뱃사공의 피리 소리에 기러기는 날고 슬픔은 묻어나네.
남은 것은 오직 한 조각의 고향 마음뿐,
가을 햇살 아래 그 마음이 깊고도 넓게 일렁이네.

2024(甲辰年 갑진년). 07. 20.

禮讚五日市(예찬오일시)

오일시 예찬

村煙細細動斜暉	촌연세세동사휘
五日行人擁肆開	오일행인옹사개
山水依然同舊色	산수의연동구색
朋儔不見各成灰	붕주불견각성회
耕牛緩步過橋路	경우완보과교로
野老閑吟對菊籬	야로한음대국리
往事悠悠塵世遠	왕사유유진세원
孤心惟寄夕陽時	고심유기석양시

마을에 가는 연기 비껴드는 햇살에 흔들리고,
오일장이 열려 행인들이 북적이네.
산천은 여전히 옛 빛 그대로이건만,
벗들은 뿔뿔이 흩어져 재가 되었네.
밭 가는 소는 느린 걸음으로 다리 길을 지나가고,
노인은 국화 울타리 앞에서 한가히 읊조리네.
지난 세월은 아득히 먼 세속의 먼지로 흩어지고,
외로운 마음만 석양 무렵에 의지할 뿐이네.

2024(甲辰年 갑진년). 05. 25.

讚五日市(찬오일시)

오일시를 기리며

村煙裊裊動斜暉	촌연요뇨동사휘
五日行商笑語催	오일행상소어최
山水依然春氣在	산수의연춘기재
風光不改市聲來	풍광불개시성래
耕牛緩步穿橋去	경우완보천교거
童子輕歌負笠歸	동자경가부립귀
物換人遷情未老	물환인천정미로
芳心猶逐柳花飛	방심유축류화비

마을에 아지랑이 피어오르고 저녁 햇살이 비치는데,
오일장의 행상들이 웃으며 재잘거리네.
산천은 여전히 봄빛 머금고,
풍경도 변치 않아 장터의 소리 들려오네.
밭 가는 소는 느리게 다리를 건너고,
아이들은 노래 부르며 삿갓 메고 돌아오네.
세상은 바뀌고 사람은 떠나도,
내 마음의 향기는 여전히 버들꽃 따라 흩날리네.

2020(庚子年 경자년). 09. 15.

頌五日市(송오일시)

오일시를 기리며

商鼓喧喧協滿場	상고훤훤기만장
千家笑語接秋陽	천가소어접추양
柴門出貨誠爲本	시문출화성위본
布席求緣道自昌	포석구연도자창
濟濟人潮心共熱	제제인조심공열
盈盈物價意相襄	영영물가의상양
輪回五日通和氣	윤회오일통화기
淳厚鄕風久遠芳	순후향풍구원방

장터의 북소리 울리니 화합하는 기운이 가득하고,
천 가구 웃음소리 가을 햇살과 어우러지네.
초가집에서 내놓은 물건은 정성을 근본으로 하고,
돗자리에 펼친 인연의 길은 스스로 창성하네.
사람들 모여들어 마음은 함께 뜨겁고,
물건이 오가되 뜻은 서로 도우네.
오 일마다 되풀이되는 시장의 순환은 한 기운으로 이어지고,
고향의 인정은 순후하여 오래도록 향기롭네.

2020(庚子年 경자년). 07. 10.

頌讚五日市(송찬오일시)

오일시를 송찬하며

長登翠影繞村墻	장등취영요촌장
五日行人笑語香	오일행인소어향
古巷依稀留市氣	고항의희류시기
新苗葱鬱續農忙	신묘총울속농망
雲開遠嶺光猶潤	운개원령광유윤
潮入平田稼正長	조입평전가정장
歲月雖遷情不減	세월수천정불감
桑麻曉色在家鄉	상마효색재가향

장등 언덕엔 푸른 초목 그림자 마을 담을 두르고,
오일장의 사람들은 웃음과 향기로 어우러지네.
옛 골목엔 아직도 시장의 기운이 남아 있고,
새로 심은 푸른 모판으로 농사철을 이어가네.
구름이 걷히니 먼 산은 더욱 윤택하고,
밀물이 스며든 들판엔 곡식이 무르익네.
세월은 흘러도 마음의 정은 줄지 않아,
뽕나무·삼밭의 새벽빛이 여전히 고향에 살아 있네.

2020(庚子年 경자년). 06. 10.

意望五日市(의망오일시)

오일시의 기대와 바람

朝煙裊裊映朝陽	조연요뇨영조양
五日人潮力自揚	오일인조력자양
竹杖笑聲連客道	죽장소성연객도
柴門米穀滿農鄕	시문미곡만농향
誠冬交易流通理	성동교역류통리
仁氣往來接萬房	인기왕래접만방
古里誰云風露歇	고리수운풍로헐
眞情似續每薰芳	진정사속매훈방

아침 안개 가늘게 피어오르며 햇살에 아른거리고,
오 일마다 모인 인파에 힘이 절로 솟네.
죽장을 짚은 나그네 웃음소리 손님 길에 이어지고,
초가 문 앞 곡식 자루는 농가마다 가득하네.
한겨울에도 장을 보아 물정이 저절로 통하고,
인심 오가며 온 마을의 정이 이어지네.
누가 말하리, 옛 고을의 인심이 식었다고,
거짓 없는 마음은 이어져 날마다 향기로 피어나네.

2020(庚子年 경자년). 01. 10.

讚揚菊(찬양국)

국화를 찬양함

玉露金風淡夕陽	옥로금풍담석양
西籬萬瓣吐佳香	서리만판토가향
不爭桃李春時寵	부쟁도리춘시총
獨傲松筠暮節霜	독오송균모절상
淡泊幽居離世俗	담박유거리세속
從容對菊把希觴	종용대국파희상
煌星歲晚高名在	황성세만고명재
一曲長吟奄冉腸	일곡장음엄염장

옥 같은 이슬, 금빛 바람 속에 저녁 햇살은 은은하고,
서쪽 울타리에는 만 송이 국화가 좋은 향기를 뿜네.
복숭아와 오얏은 봄날 총애를 다투지 않고,
소나무 대나무와 함께 늦가을 서리 속에 홀로 서 있네.
그윽한 거처, 담박하여 세속을 떠나 있으며,
국화를 마주하고 태연히 바라는 잔을 기울이네.
세모의 샛별처럼 명성이 높음은 여전하여,
한 곡 길게 읊조리니 세월이 빨리 가네.

2020(庚子年 경자년) 11. 06.

賞菊(상국)

국화를 감상함

孤園落照靜含陽　　　고원낙조정함양
淡淡幽花散遠香　　　담담유화산원향
不戀繁華經歲月　　　불연번화경세월
單身澹泊受秋霜　　　단신담박수추상
高情塵外存惟古　　　고정진외존유고
雅趣樽前洌對觴　　　아취준전렬대상
元亮詩魂應不死　　　원량시혼응불사
千年風骨更悠長　　　천년풍골갱유장

외로운 동산, 저녁 따스한 빛줄기가 고요히 펼쳐지고,
그윽한 국화 향기는 아득히 멀리 퍼지네.
화려함을 탐하지 않고 세월을 보내며,
홀로 담박함을 지켜 가을 서리를 맞이하네.
속세 밖의 높은 뜻엔 옛 생각이 서리고,
술잔 앞의 아담한 정취로 찬 바람 속에 잔을 들리라.
도연명의 시혼은 아직도 꺼지지 않았으니,
그 풍골은 천년 세월에도 더욱 길게 남으리라.

詩協風雅(시협풍아) 投稿詩(투고시)
2025(乙巳年 을사년) 10. 28.

滿山楓葉(만산풍엽)

산에 가득 찬 단풍잎

錦楓吹散翠松昌	금풍취산취송창
淸氣天高夕麗洋	청기천고석려양
風色訪花憁惚怳	풍색방화총홀황
積雲景象竝流光	적운경상병류광
兼秋絶致旺容與	겸추절치정용여
仄日方冬黙內藏	측일방동묵내장
疏食屬茨修寶墨	소식속자수보묵
女莖明氣樂祺祥	여경명기락기상

비단 단풍 흩어지며 소나무 푸르고,
높은 하늘 맑은 날 바다 노을 곱구나.
아름답고 황홀한 꽃구경도 바쁜데,
뭉게구름은 경치와 세월을 아우르네.
가을철 절경을 느긋하게 바라볼 새,
시월 저녁 해는 말없이 감추더라.
초가에서 나물 먹고 뛰어난 글 배우니,
아름다운 국화 향기로 행복하네.

2011(辛卯年 신묘년). 12. 03.

登尖察山(등첨찰산)

첨찰산 등산

陟升尖察送愁心	척승첨찰송수심
塵垢忮求歇嶺岑	진구기구오령잠
奎踽汗顏娛步步	규우한안명보보
俗累煎惱擠轟沈	속루전뇌제굉침
朋飛候雁謳明氣	붕비후안구명기
半腹原禽耦美音	반복원금우미음
寒意僻幽崧俠氣	한의벽유숭협기
允諧詩境比微吟	윤해시경비미음

첨찰산 높은 곳에 올라 시름을 보내며,
더러운 시기와 탐욕 산마루에 토해내네.
여덟팔자걸음으로 땀 흘리며 걸음마다 조심조심,
애태우는 너저분한 일 가라앉혀 밀어내네.
기러기 떼지어 날며 아름다운 산천에서 노래하고,
산허리 꿩이 고운 목소리로 짝짓네.
싸늘한 정취 외져 쓸쓸해도 호탕한 기풍 우뚝 솟아나고,
뭇 사람과 어울리니 시흥이 절로 나 낮은 소리로 읊조리네.

2012(壬辰年 임진년). 01. 29.

讚揚獨島(찬양독도)

독도를 찬양하며

蒼溟日出湧秋陽	창명일출용추양
屹立雙峯東守方	흘립쌍봉동수방
義魄千年昭國運	의백천년소국운
忠魂一寸耀民光	충혼일촌요민광
風高浪急猶難撼	풍고낭급유난감
海闊天長自有祥	해활천장자유상
世代守門承島誼	세대수문승도의
韓疆永固駐輝香	한강영고주휘향

푸른 바다에 해가 솟아 가을빛을 띠고,
두 봉우리는 우뚝 서서 동쪽 바다를 지키네.
정의로운 혼은 오랜 세월 나라의 기운을 밝히고,
한 치 땅 지켜낸 충혼은 백성을 비추는 빛이 되네.
높은 바람 거친 파도도 그 뜻을 흔들지 못하고,
넓은 바다 긴 하늘 아래 스스로 상서로움이 서려 있네.
여러 세대 문을 지키며 섬의 의리를 이어오니,
한 나라 국경은 길이 굳건하여 영롱한 향기 머무르네.

2019(己亥年 기해년). 06. 20.

讚揚殊珍獨島(찬양수진독도)

진귀한 보배 독도를 찬양하며

獨島殊珍衝九陽	독도수진충구양
天功絶致守悠長	천공절치수유장
豊漁棹唱山河氣	풍어도창산하기
沿岸洞簫風月光	연안통소풍월광
海産資源多産出	해산자원다산출
眞珠寶庫最繁昌	진주보고최번창
全權領土詩吟祝	전권영토시음축
保衛交隣豈易忘	보위교린기이망

진귀한 보배 독도에 태양이 솟아오르니,
천공의 뛰어난 운치 오래도록 지켜졌네.
풍어의 뱃노래 산하의 근원이요,
연안의 통소 소리 풍월을 빛내어라.
해산 자원이 풍부하니,
진주 같은 보고로 가장 번창하리라.
독도 영토 전권을 시음으로 축원하니,
이웃 나라와 외교에서 보위를 어찌 쉬이 잊으랴

2019(己亥年 기해년). 06. 20.

4.13國會議員選擧所望(4.13국회의원선거소망)

宗英景命選明淸	종영경명선명청
謬政停僮瘝世評	류정정동오세평
識拔齊民遒素志	식발제민주소지
灰心蓋代願丹誠	회심개대원단성
醇乎自慊登臨衆	순호자겸등림중
萬籟佳芳拜謁氓	만뢰가방배알맹
志介綱常千歲樂	지개강상천세락
平和國史百花榮	평화국사백화영

하늘은 뛰어난 인물을 뽑아 맑게 하려고,
그늘져 잘못된 정치를 깨려는 세평이니,
본디의 뜻대로 백성을 구제할 인물이 발탁되어,
뛰어난 사람의 마음 정성 바라네.
부끄럽지 않게 서민을 바라보고,
온갖 소리에 고운 향기로 만나니,
강상의 의지와 절개로 오랜 세월 즐겨지고,
평화로운 국사로 모든 꽃이 드러나리.

詩協風雅(시협풍아) 投稿詩(투고시) 40호
2016(丙申年 병신년). 05. 10.

回憶殉國先烈(회억순국선렬)

순국 선열을 돌이켜 생각하며

爭鋒殉國考悲傷	쟁봉순국고비상
死力殊勳奐墨莊	사력수훈환묵장
負戴希求堅磊落	부대희구견뇌락
危民絶比奉軒昂	위민절비봉헌앙
人豪偉烈無雙處	인호위열무쌍처
卓立賢英第一鄕	탁립현영제일향
慮後墟墳高節顯	여후허분고절현
攢峰鵲報大忠彰	찬봉작보대충창

적과 싸우다 순국하신 분을 살피면 마음 아파도,
사력을 다해 공을 세우니 장서에서 빛나네.
힘들어도 바라는 일 많아 굳세고,
불안한 백성들은 뛰어남을 높이 받들었네.
훌륭한 인물의 큰 공훈은 견줄 바가 없고,
빼어난 영예는 으뜸의 고향일세.
옛 무덤에서도 염려하는 절개로 나타나고,
겹겹 산봉우리의 기쁜 소식은 큰 충성으로 드러나네.

詩協風雅(시협풍아) 投稿詩(투고시) 38호
2016(丙申年 병신년). 02. 10.

大選世情(대선세정)

대통령 선거의 세상 물정

區極暮砧流水聲	구극모침류수성
御筵台閣畫難成	어연태각화난성
兆民冒死勞爭奪	조민모사로쟁탈
誰某天心定大名	수모천심정대명
人庶晏清無舞法	인서안청무무법
域中今上擇公評	역중금상택공평
達尊科禁及平世	달존과금급평세
任俠擧揚留吉亨	임협거양류길형

온 나라에 다듬이 소리 물소리 번지니,
대통령의 관부를 그리기가 어렵네.
많은 사람이 죽기로 싸우지만,
하늘은 누구라고 대명으로 정했네.
백성들은 깨끗하며 법이 남용되지 않고,
온 세상이 대통령을 공평하게 가리길 바라네.
법도가 존경받는 태평 세상 이르러,
약한 자를 돕고 북돋아 주어 즐겁게 잔치할 날을 기다리네.

詩協風雅(시협풍아) 投稿詩(투고시)
2022(壬寅年 임인년). 12. 20.

慶祝友山齋創建(경축우산재창건)

우산재 창건을 경축하며

(副題 : 午南 鄭鍾玉 會長의 孝心, 부제 : 오남 정종옥 회장의 효심)

陜川星漢會流光	합천성한회류광
忠孝午南生弼匡	충효오남생필광
洪志住居施峻德	홍지주거시준덕
克勤挑戰事殷昌	극근도전사은창
友山齋創立修名	우산재창립수명
孤鶴士林歌百祥	고학사림가백상
崇祖尙門辇感佩	숭조상문봉감패
始終如一鑑宣揚	시종여일감선양

합천에 은하가 환하게 비춰서 모이니,
충효 질서 바로 세운 정종옥 회장 나셨네.
부산에서 큰 뜻 이뤄 밝은 덕을 베풀고,
근검 도전으로 사업이 번창하니,
우산재 창립으로 후세에 남을 이름,
오남 회장 유림에서 좋은 일로 노래하네.
숭조상문 기리는 마음 일렁이는 북소리 울려,
한결같이 효행의 본보기 되어 널리 드날리리.

友山齋(우산재) 投稿詩(투고시)
2013(癸巳年 계사년). 11. 02.

新春有感(신춘유감)

새봄의 느낌

龍驤滿地訪新陽	용양만지방신양
鵲報氷魂岋草堂	작보빙혼압초당
換歲良辰風嫋嫋	환세양신풍뇨뇨
明河野馬月蒼蒼	명하야마월창창
紅潮倍儒胂文運	홍조배결신문운
跋剌原禽願吉祥	발랄원금원길상
楚撻憍憍爲緊縮	초달교교위긴축
閑華樂樂作伸張	한화낙락작신장

온 땅 신춘 기세 왕성하게 찾아오니,

초당의 기쁜 소식에 매화가 흔들흔들.

설 쇠고 좋은 때 맞으니 바람이 솔솔,

아지랑이 피어나니 은하수와 달이 창창,

햇무리 홍조 띠니 문운이 기지개 켜고,

꿩이 날아오르니 경사를 바라네.

교만함을 줄이기 위해 매질하고,

고상한 마음으로 아름다움을 즐기려 하네.

詩協風雅(시협풍아) 投稿詩(투고시)

2016(丙申年 병신년) 02. 10.

願國運亨通(원국운형통)

국운 형통을 바라며

新歲積雲開刻銘	신세적운개각명
脫皮嘉友吐安寧	탈피가우토안녕
紹登歲月奔荷露	소등세월분하로
津岸篙工悸戶庭	진안고공계호정
戎戒敵情邌障管	융계적정장장관
晦盲光價穩兼聽	회맹광가온겸청
六花凌雨煦紅鏡	육화릉우후홍경
昭代晏淸皆覺醒	소대안청개각성

계사년 새해에는 근심 걱정 없게 금석에 새겨,
허물을 벗어 벗과 터놓고 편히 지내길.
세월이 빠르게 흐르니 연잎 이슬도 분주하고,
나루터 뱃사공은 뜰에서 서성대네.
전쟁 준비만 하는 북한의 속셈 드러나,
호평받고 평화를 바라며 겸청하길 바라네.
눈비 아침 해로 녹아내리고,
천하가 화평하기를 각성하네.

詩協風雅(시협풍아) 投稿詩(투고시)
2013(癸巳年 계사년). 02. 04.

楓菊爭艷(풍국쟁염)

단풍과 국화의 예쁨 다툼

春色郭公酸九陽	춘색곽공산구양
舞筵蜂蝶部懷鄉	무연봉접부회향
暑炎津岸羨篙工	서염진안선고공
蟬語睡餘罢國香	선어수여경국향
騷屑女莖嬌灼灼	소설여경교작작
錦衣楓葉伉新裝	금의풍엽항신장
判官漂鳥熱評議	판관표조열평의
華艷醉興難短長	화염취흥난단장

봄에 꾀꼬리 우니 해도 나른하고,
벌 나비 떼지어 춤추며 고향을 그리네.
너무 무더워 나루터 뱃사공이 부러운데,
매미 우는 소리에 단잠 깬 난초 놀라서 엿보네.
시원한 바람에 국화꽃이 만발하여 뽐내니,
단풍은 비단옷 입고 맞서네.
심판으로 나선 철새들 의논하느라 바쁜데,
화려하여 아리따움에 취하니 길고 짧은 구별이 어려워.

詩協風雅(시협풍아) 投稿詩(투고시)
2013(癸巳年 계사년). 11. 02.

送舊迎新有感(송구영신유감)

묵은해 보내고 새해 맞음의 느낌

僻幽憨寢譟踰年	벽유감침조유년
穠綠澗谿知順天	농록간계지순천
台閣慘苟恩世越	태각참가총세월
歁然殊位詘藏愆	감연수위예장건
柔風朗旦貧尤樂	유풍낭단빈우락
鵲報良辰老益堅	작보양신노익견
昭代兆民平德厚	소대조민평덕후
作新科禁願功全	작신과금원공전

외진 곳에서 푹 자고 나니 시끄러운 해가 넘고,
짙푸른 나무도 골짜기 물이 천명이라 깨닫네.
세월호의 참혹한 일로 청와대도 바빴는데,
높은 사람들은 불만을 감추려 말만 많았네.
봄바람 명랑한 아침은 가난해도 즐겁고,
좋은 때 기쁜 소식 나이 들수록 굳어지네.
많은 사람 태평 세상에서 덕을 나누며,
법을 잘 지키고 공이 온전하기를 기원하네.

詩協風雅(시협풍아) 投稿詩(투고시)
2015(乙未年 을미년). 02. 02.

孟夏(맹하)

초여름

孟夏山河新綠羅	맹하산하신록라
蛙鳴兆雨越騷坡	와명조우월소파
良辰力稼江村麗	양신력가강촌려
沃野人時氣象和	옥야인시기상화
水畓靑苗連瑞鳥	수답청묘연서조
梢雲麥浪順風波	초운맥랑순풍파
飛翔白鶴隨楊舞	비상백학수양무
國泰民安擊壤歌	국태민안격양가

맹하 절기 산천엔 신록이 이어지고,
개구리 소리 비 오려나 제방 넘어 소란하네.
좋은 때 농사에 힘쓰니 강촌이 곱고,
농사철에 비옥한 들판의 날씨도 온화하네.
물 잡은 파란 모에 상서로운 새가 날고,
상서로운 구름으로 파도치듯 보리밭 일렁이네.
비상하는 백학 버들 따라 춤추니,
국태민안 바라며 격양가 부르고파.

詩協風雅(시협풍아) 投稿詩(투고시) 37호
2015(乙未年 을미년). 05. 03.

孟夏山川(맹하산천)
초여름 산과 내

麥氣蛙鳴泳綠羅	맥기와명영녹라
原禽作配燚陽坡	원금작배삽양파
林田翟匹焦呼咯	임전적필초호각
檐下鴯雙愛囀和	첨하이쌍애전화
野徑靑風皆瑞雨	야경청풍개서우
飛絲滃渤卽洪波	비사옹발즉홍파
韶光耽耽興花舞	소광탐탐흥화무
暗喜停停伴鳥歌	암희정정반조가

보리밭에 바람이니 개구리 울고 고운 명주 헤엄치니,
꿩이 양지쪽에서 짝지어 나네.
산전 밭에 수꿩은 애타게 짝을 부르고,
처마 밑 제비 한 쌍 귀엽게 지저귀네.
들길에 봄바람 일렁이니 골고루 상서로운 비 오고,
아지랑이 피어올라 큰 물결 이루네.
화창한 봄 경치 좋아 꽃들이 흥겹게 춤추며,
아름다운 모양에 은근히 짝 맞춰 새들이 노래하네.

詩協風雅(시협풍아) 投稿詩(투고시) 37호
2015(乙未年 을미년). 05. 03.

楓菊爭艶(풍국쟁염)

단풍과 국화가 서로 고운 빛을 다툼

霜林萬葉染斜陽	상림만엽염사양
黃菊含華對夕光	황국함화대석광
競吐芳心欺綺錦	경토방심기기금
同開秀色映瓊堂	동개수색영경당
風傳遠馥來山外	풍전원복래산외
露滴寒英落砌旁	노적한영락체방
誰解此中秋意靜	수해차중추의정
紅黃共醉滿天香	홍황공취만천향

서릿발 선 숲엔 만 잎이 저녁 햇살에 물들고,
누런 국화는 그 화려한 꽃을 머금어 석양빛에 마주 서네.
서로 향기를 토하며 비단 빛을 겨루며,
함께 고운 자태를 열어 누각을 비추네.
바람은 멀리 향기를 산 밖으로 전하고,
이슬은 찬 꽃잎에 떨어져 뜰 가에 맺히네.
누가 알랴, 이 속의 고요한 가을 마음을,
붉고 누런빛이 함께 취하여 하늘에 향기 가득함을.

2015(乙未年 을미년). 11. 15.

順天應人(순천응인)

하늘의 이치에 따르고 사람의 뜻에 응함

倉庚灼灼至花時	창경작작지화시
勝友淸淸倣適宜	승우청청방적의
冷峭花兄仁者宅	냉초화형인자택
貧居樸實德人基	빈거박실덕인기
山樵介立千秋樂	산초개립천추락
俗事徐來萬古怡	속사서래만고이
卞正天功眞率會	변정천공진솔회
綿連美擧太平期	면련미거태평기

꾀꼬리 나는 꽃피는 시절에,

소나무의 맑은 모양을 본받으면,

모진 추위에도 어진 이의 집에는 매화가 피고,

가난해도 성실함은 덕인의 근본이네.

혼자 나무를 해도 오랜 세월 즐거움이고,

이런 일 저런 일 맞아도 비길 데 없는 기쁨이네.

하늘은 옳고 그름을 진솔하게 깨닫게 하니,

아름다운 일이 이어져야 평안함이 기약되리.

詩協風雅(시협풍아) 投稿詩(투고시) 42호

2017(丁酉年 정유년). 02. 05.

戊戌年國運隆昌(무술년국운융창)

무술년의 국운 융성

承平陋屋暫時休	승평루옥잠시휴
慶喜貧居此歲周	경희빈거차세주
降瑞愚氓朝雨昌	강서우맹조우창
黃塵末俗暮春修	황진말속모춘수
光華化導年年續	광화화도년년속
倒道人綱百百憂	도도인강백백우
選付齊民皆自得	선부제민개자득
洪寧景命欲何求	홍녕경명욕하구

집에서 잠시 쉬면서 평화로운 치세를 생각하니,
올해는 가난한 사람에게도 기쁨이 두루 미치고,
아침 비 노래는 백성들의 상서로움이고,
황진 말속을 늦봄에 깨끗이 닦네.
광화 화도가 연년이 이어져도,
인강에 어긋나면 어느 모로나 근심이 되네.
인재를 잘 뽑아 제민하기를 함께 깨달으면,
태평함의 큰 명령 어찌 원하는 바람일까?

詩協風雅(시협풍아) 投稿詩(투고시) 45호
2018(戊戌年 무술년). 01. 26.

太和滿乾坤(태화만건곤)

하늘 땅 천지에 상서로운 기운이 가득함

太和己亥迓歡春	태화기해아환춘
九十韶光天下新	구십소광천하신
南北協和成就族	남북협화성취족
四方互惠富强民	사방호혜부강민
官僚盡守夷齊義	관료진수이제의
儒者咸從孔孟倫	유자함종공맹륜
福祉均衡窮乏退	복지균형궁핍퇴
國威世界振長伸	국위세계진장신

태화의 기해년 봄 기쁘게 마중하니,
구십 소광에 천하가 새로워지네.
남과 북이 겨레의 협화를 이룬다면,
사방이 서로 도와 부강한 백성 되리.
관료는 백이 숙제의 의를 끝까지 지키고,
유자는 공맹의 윤리를 다 함께 따르리.
균형 잡힌 복지로 궁핍을 물리치고,
국위를 온 세계에 떨쳐 오래도록 펼치세.

詩協風雅(시협풍아) 投稿詩(투고시) 48호
2019(己亥年 기해년). 02. 03.

秋色滿乾坤(추색만건곤)

가을빛이 천지에 가득 참

彩畫層空如此良	채화층공여차량
晴和宇內滿祥光	청화우내만상광
年登沃野無雙艶	연등옥야무쌍염
收穫興農第一芳	수확흥농제일방
壽客高商含冷露	수객고상함랭로
丹楓菊月染寒霜	단풍국월염한상
參羅萬像千祥集	삼라만상천상집
讚美閑華物物昌	찬미한화물물창

높은 하늘의 채화가 이렇게 아름답고,
온 세상이 맑고 화창하니 서광이 가득하네.
기름진 땅에 풍년을 이루니 비할 데 없이 곱고,
농업을 진흥하여 수확하니 제일의 꽃이네.
가을 되니 국화가 찬 이슬 머금고,
구월의 찬 서리는 단풍을 곱게 물들이네
삼라만상에 온갖 복이 모이니,
아름다운 모양을 찬미하며 물물이 노래하네.

詩協風雅(시협풍아) 投稿詩(투고시)
2022(壬寅年 임인년). 11. 17.

祝尹錫悅大統領 就任(축 윤석열대통령취임)

축 윤석열 대통령 취임

末境宸居到夕陽	말경신거도석양
龍山麗曲滿開光	용산려곡만개광
人綱法治端回復	인강법치단회복
敎育民生萬歲芳	교육민생만세방
黜陟明時眞美德	출척명시진미덕
任良飽學寔王望	임량포학식왕망
宜家佚道淸心讚	의가일도청심찬
蹈舞才分國步彰	도무재분국보창

청와대가 말경이 되어 석양에 이르니,
용산 시대의 여곡으로 활짝 핀 꽃이 빛을 여네.
인강과 법치는 바로잡아 회복하고,
교육과 민생으로 만세에 향기로워,
유능한 자를 등용함이 태평세상의 아름다운 길이니,
학식이 많고 선량한 사람을 임용하는 대통령을 바라네.
백성이 편안하고 화목하며 청심 함을 찬양하면,
국운이 밝아져 타고난 재주로 덩실덩실 춤을 춰

詩協風雅(시협풍아) 投稿詩(투고시)
2022(壬寅年 임인년). 04. 22.

壬辰立春(임진입춘)

임진년 입춘

六花哺夕庇疏枝	육화포석비소지
天女凍雲摟暫時	천녀동운루잠시
貞木疊峯要鵲報	정목첩봉요작보
一枝春企佇遊絲	일지춘기저유사
扶風凜凜多簷澤	부풍늠름다첨탁
水鏡冥冥補積悲	수경명명보적비
悽戾雁鴻公去去	처려안홍종거거
節分紅鏡撫聲詩	절분홍경무성시

해 질 무렵 눈이 성긴 가지 덮으니,
직녀성이 구름을 잠시 잡아끄네.
중첩한 산봉우리 소나무 바라는 기쁜 소식,
매화가 몹시 기다리는 아지랑이네.
센바람 살을 에고, 늘어진 고드름,
달은 어둡고 쌓이는 슬픔을 더하는구나.
기러기 울음소리 두려워하는 세월의 흐름,
입춘 전날 아침 해 어루만지는 시 소리네.

詩協風雅(시협풍아) 投稿詩(투고시)
2022(壬寅年 임인년). 12. 20.

諸厄解消(제액해소)
모든 액운이 해소됨

堪輿病毒障風淸	감여병독장풍청
宇內災殃虞發生	우내재앙우발생
虎視牛行思逐斥	호시우행사축척
荒鷄黑鳥協瘟征	황계흑조협온정
醫官倦極完人意	의관권극완인의
萬域蒼生廣濟誠	만역창생광제성
免疫明淸劉疾痛	면역명청류질통
閑華跋涉允諧亨	한화발섭윤해형

코로나가 하늘과 땅의 맑은 바람을 막으니,
세계가 재앙의 발생으로 근심이 많네.
성실하고 신중히 행동하며 쫓아 물리칠 생각으로,
황계와 흑조 같은 돌림병 정복을 위해 협력하네.
의관은 병 치료로 지쳐있고,
모든 나라는 사람들을 구제하려 성심을 다하네.
질통을 이겨내는 면역으로 맑고 깨끗해져,
즐겁게 어울리며 여기저기 다니는 일이 형통 되기를.

詩協風雅(시협풍아) 投稿詩(투고시) 54호
2022(壬寅年 임인년). 2. 5.

萬化方暢(만화방창)

따뜻한 봄날에 만물(萬物)이 나서 자람

萬物光風共待春	만물광풍공대춘
良辰宅上匍枝新	양신택상복지신
紅脣潤戶昏如醉	홍순간호혼여취
暖翠香雲夜色眞	난취향운야색진
翼卵倉庚遊潑剌	익란창경유발랄
晨吟布穀促鄕隣	신음포곡촉향린
森羅灼灼朋飛繡	삼라작작붕비수
好節淸淸感想伸	호절청청감상신

만물이 봄바람을 기다리니,
좋은 때 집 근처 곳곳이 새로워.
간호의 홍순에 취한 듯 현혹되니,
향운 난취에 밤경치도 순수하네.
꾀꼬리는 알을 품고 발랄하게 놀고,
뻐꾸기 울음소리 이웃을 재촉하네.
삼라에 꽃과 새 떼 늘어져 수 놓으니,
좋은 시절의 맑음을 감상하며 기지개 켜네.

詩協風雅(시협풍아) 投稿詩(투고시)
2022(壬寅年 임인년). 4. 22.

雪裡寒梅(설리한매)

눈 속의 차가운 매화

清籟迎新日出東	청뢰영신일출동
寒梅陋屋侘春風	한매루옥차춘풍
原禽撲打驚雲氣	원금박타경운기
候雁朋飛策露功	후안붕비책로공
自古馳名傳播際	자고치명전파제
今朝絶異讚揚中	금조절이찬양중
紅脣鵲報希觴詠	홍순작보희상영
笑抃孤翁反響豊	소변고옹반향풍

맑은 바람 소리에 새해를 맞는 해가 동에서 뜨고
한매가 누옥에서 뽐내니 봄바람 나네.
꿩이 푸드덕거리니 놀라 구름이 날고
기러기 떼 지으니 서리는 채찍질하네.
예로부터 명성을 드날려 전파하니
오늘 아침도 뛰어나게 찬양하네.
피는 꽃소식에 술 마시며 시가를 읊으니
산골 외로운 노인 기뻐 손뼉 치니 산울림이 풍년이라네.

詩協風雅(시협풍아) 投稿詩(투고시) 56호
2023(癸卯年 계묘년). 01. 23.

懷顧光復八十周年(회고광복팔십주년)

광복 팔십 주년을 돌아보며

光復當時制憲元	광복당시제헌원
劬勤八十煽乾坤	구근팔십선건곤
冤刑日帝忠臣節	원형일제충신절
梏搻我邦志士魂	곡공아방지사혼
高嶺淸風嘻戶戶	고령청풍희호호
城廊倍僑暐村村	성랑배결위촌촌
天弓宇內貧猶樂	천궁우내빈유락
治國明時豈足論	치국명시기족론

광복 당시 헌법을 처음으로 제정하여,
부지런히 일한 팔십 년 천지를 부추겼네.
일제의 억울한 형벌에도 충신은 절개를 지키고,
우리나라 지사는 수갑 찬 넋이었네.
고령의 맑은 바람은 집집이 웃음꽃 피우고,
성곽의 다락집 햇무리로 마을마다 환하네.
온 세상에 무지개 뜨니 가난해도 오히려 즐겁고,
치국이 태평 세상이라면 어찌 족히 말하리.

詩協風雅(시협풍아) 投稿詩(투고시) 56호
2025(乙巳年 을사년). 03. 07.

嘆政爭有感(탄정쟁유감)
정쟁을 느끼며 탄식함

明公謬政共徘徊	명공류정공배회
人隱愚氓日月催	인은우맹일월최
法匪噓噓新祿漲	법비허허신록창
從官佂佂落紅堆	종관광광락홍퇴
群司躁競全形遂	군사조경전형수
台閣專橫一景陪	태각전횡일경배
循吏賢英蘭客護	순리현영란객호
廓淸德政好談栽	곽청덕정호담재

고관은 정치를 그르치고 같이 배회하고,
미욱한 백성은 괴로움으로 세월을 재촉하네.
법 도적 떼는 새순처럼 넘쳐 나오고,
벼슬아치들은 허둥지둥 단풍처럼 쌓이네.
관리들은 권세와 부귀를 다투어 전부 따르고,
최고의 관부는 전횡으로 흥취를 더하네.
어질고 뛰어난 관리를 친구처럼 지켜주면,
혼란 없는 바른 정치로 아름다운 말이 심어지리라.

詩協風雅(시협풍아) 投稿詩(투고시)
2020(庚子年 경자년). 03. 20.

己亥歲暮(기해세모)

기해년 세밑

德友宜家冬愛階	덕우의가동애계
吟風弄月足生涯	음풍농월족생애
綃頭幼學風雲志	초두유학풍운지
佗髮從心寂靜懷	타발종심적정회
元吉和歌浮白斝	원길화가부백가
小除歎逝踏靑鞋	소제탄서답청혜
原禽玉骨春潮急	원금옥골춘조급
尖察斑鳩夕照佳	첨찰반구석조가

덕이 있는 벗과 집안이 화목하니 겨울 해 섬돌에 비치고,
음풍농월하는 만족한 생애였네.
어린 시절에는 머리띠 두르고 풍운의 뜻 지녔는데,
70이 되니 머리가 흐트러지고 고요한 마음이네.
설날엔 옥잔 들고 노래하며 지냈는데,
섣달그믐에는 산책하며 지냈던 일 탄식하네.
매화나무 위에서 꿩이 봄의 조수 재촉하니,
첨찰산의 산비둘기 저녁 햇빛에 아름다워.

2019(己亥年 기해년). 12. 27.

庚子新年(경자신년)

경자년 새해

庚子晴和無盡藏	경자청화무진장
閑華冷僻四時芳	한화냉벽사시방
森然灼灼靑山飾	삼연작작청산식
明氣仟仟白鳥翔	명기천천백조상
物品尖端多産出	물품첨단다산출
優殊學術最繁昌	우수학술최번창
飛文絶筆詩吟祝	비문절필시음축
蹈舞吾伊豈易忘	도무오이기이망

경자년에는 화창한 날씨가 많아,
벽지에도 아름다운 모양으로 사시가 꽃다워졌네.
수목이 우거져 꽃이 흐드러지게 청산을 꾸며,
풀이 무성하여 산천이 아름다워 백조가 나네.
첨단 물품이 많이 산출되어,
우수한 학술이 으뜸으로 번창했네.
뛰어난 문장의 필적을 시음으로 축원하며,
글 읽는 소리에 즐겨 춤추니 어찌 쉬이 잊으랴.

2020(庚子年 경자년). 03. 23.

聖基洞有感(성기동유감)

성기동 느낌

聖泉明月出千秋	성천명월출천추
人庶子來歌合流	인서자래가합류
仁者定交興厚志	인자정교흥후지
士林高傑滿書樓	사림고걸만서루
靈巖氣勢聲佳麗	영암기세성가려
沃野群英共知州	옥야군영공지주
民福百官要畢力	민복백관요필력
富寵平世栖嬉遊	부총평세서희유

성천에 밝은 달이 긴 세월 뜨니,
서민이 자식처럼 노래하며 모이네.
어진 사람과 벗이 되니 흥이 일어 두텁고,
훌륭하고 걸출한 인물들 책장에 가득하네.
영암의 기운차게 내뻗는 노래 자연 풍치 아름다워,
기름진 땅 뛰어난 사람들 함께 하는 슬기로운 고을이네.
모든 관리 국민의 행복을 바라고 노력하니,
넉넉하고 행복한 태평 세상으로 즐거운 보금자리네.

靈巖漢詩白日場(영암한시백일장) 投稿詩(투고시)
2012(壬辰年 임진년). 02. 15.

學堂讀論語有感(학당독논어유감)

글방에서 읽는 논어의 느낌

聖洞紫雲拪大東	성동자운포대동
王師追慕詠和同	왕사추모영화동
天文日本欽崇上	천문일본흠숭상
論語三韓彫琢中	논어삼한조탁중
靈地朗州英傑盛	영지낭주영걸성
仙鄕月岳士林隆	선향월악사림융
當今禮敎誰非讚	당금예교수비찬
敬拜儒風步不窮	경배유풍보불궁

성기동의 자운이 우리나라에 널리 퍼지니,

왕인 선생 추모 시를 화합하며 읊네.

일본은 천자문을 위로부터 흠숭하고,

삼한은 논어를 가슴속에 새기네.

신령스런 땅 영암에 영걸들이 성하고,

선향 월악에는 사림이 풍성하네.

오늘날 예교를 그 누군들 찬하지 않으랴!

유풍을 따르는 경배 객들 끊이지 않네.

靈巖漢詩白日場(영암한시백일장) 投稿詩(투고시)

2019(己亥年 기해년). 04. 20.

王墓創建三十六週年有感(왕묘창건삼십육주년유감)

왕묘 창건 삼십육주년 느낌

松柏蒼蒼氣滿秋	송백창창기만추
靈基肅穆接天流	영기숙목접천류
碑前古意環丹壤	비전고의환단양
殿後祥光照碧樓	전후상광조벽루
歲月無聲傳社稷	세월무성전사직
山河有道護宗州	산하유도호종주
光華曉色佳芳化	광화효색가방화
奕葉千花共樂遊	혁엽천화공락유

푸른 송백 기운이 가을에 가득하고,
엄숙한 능침의 기운은 하늘의 흐름에 닿네.
비석 앞 옛 뜻은 붉은 땅을 감돌고,
전각 뒤 상서로운 빛은 푸른 누각에 비치네.
세월은 말없이 사직의 뜻을 전하고,
산하는 도의로 종주(宗州)를 지키네.
새벽빛에 빛나는 기운은 아름다운 향기가 되어,
수많은 꽃과 자손들이 이곳을 함께 노니네.

靈巖漢詩白日場(영암한시백일장) 投稿詩(투고시)
2023(癸卯年 계묘년). 10. 15.

獨島主權希頌(독도주권희송)

독도 주권을 바라며 칭송함

璇宮棹唱汎朝陽	선궁도창범조양
秀麗豐漁護久長	수려풍어호구장
海産資源回旺氣	해산자원회왕기
眞珠寶庫滿祥光	진주보고만상광
斯夫服屬千年赫	사부복속천년혁
淳七屯防萬世昌	순칠둔방만세창
無二主權希頌美	무이주권희송미
未來邦慶禧憂忘	미래방경도우망

선궁의 뱃노래 아침 해를 띄우니,
아름다운 풍어의 고장으로 오래도록 지켜지네.
해산물 자원이 왕성하게 돌아오고,
진주같은 보고에 상서로운 빛 가득해라.
이사부 장군의 울릉도 복속 오랜 세월 빛났고,
홍순칠 독도의용수비대장의 둔방 영원을 노래하네.
견줄 데 없는 독도 주권을 바라며 칭송하고,
미래 나라의 경사가 되도록 기원하니 근심도 저버려라.

2019(己亥年 기해년). 06. 15.

茶山先生閑過池邊(다산선생한과지변)

다산 선생이 한가하게 못가를 지나다

鳥語林霏探客呼	조어림비탐객호
景陽防築席珍儒	경양방축석진유
金公蟻穴恩功富	김공의혈은공부
胤錫嬌鸎吟詠孤	윤석교앵음영고
申牧荷花喬木茂	신목하화교목무
茶山灌漑翠陰敷	다산관개취음부
光州妙品扁舟友	광주묘품편주우
普告芳池慶祚途	보고방지경조도

새 소리 서린 숲속 안개 객을 찾아 부르니,
경양방축에 보배로운 선비 자리했네.
김방 목사 개미굴 이전은 은공이 넉넉했고,
황윤석 선생의 어여쁜 꾀꼬리 노랫소리 외로워라.
신익전 목사는 연꽃과 교목이 무성하다 했고,
다산 선생도 관개에 수목의 그늘이 퍼졌다 읊었네.
광주에서 친구와 거룻배 타고 좋은 작품으로,
방지를 널리 알리는 행복의 길을 가려하네.

2022(壬寅年 임인년). 09. 16.

列仙樓落成(열선루락성)

열선루 건축 공사를 마치고

救國英樓悅復成	구국영루열복성
煌星瑞氣映天明	황성서기영천명
孤舟十二扶朝日	고주십이부조일
城市千年抱水淸	성시천년포수청
至敎文華傳世澤	지교문화전세택
高風義烈著民名	고풍의렬저민명
忠魂不朽山河繡	충혼불후산하수
萬歲榮光麗曲亨	만세영광려곡형

나라를 구한 영웅의 누각이 다시 지어져 기쁨이 일고,
빛나는 별과 상서로운 기운이 하늘을 밝히네.
외로운 열두 척의 배가 아침 해를 떠받쳤으니,
천년 시가는 맑은 물을 품었네.
지극한 가르침과 문화의 꽃이 대대로 은덕을 전하고,
높은 풍격과 의열은 백성들의 이름을 드높이네.
충혼은 썩지 않고 산하를 수놓아,
영원토록 빛나는 영예는 아름다운 노래로 형통하리라.

寶城鄕校山陽文會(보성향교산양문회) 投稿詩(투고시)
2025(乙巳年 을사년). 09. 12.

慶讚列仙樓落成(경찬열선루락성)

열선루 건축 공사 마침을 경찬하며

碧嶂煙霞入眺成	벽장연하입조성
列仙遺跡瑞光明	열선유적서광명
丹心獨對蒼松語	단심독대창송어
古道長流碧水淸	고도장류벽수청
遠俗尙文傳世德	원속상문전세덕
高風揚烈著鄕名	고풍양렬저향명
登臨一笑雲天闊	등림일소운천활
萬事從今步步亨	만사종금보보형

푸른 산의 안개 사이로 바라보니 완공되었고,
열선의 자취에 상서로운 빛이 밝구나.
붉은 마음으로 푸른 소나무와 홀로 말하며,
옛 도는 맑은 물처럼 길게 흐르네.
속세 멀리한 이곳엔 문향의 덕이 전해지고,
높은 기풍과 절개는 고장의 이름을 빛내네.
누대에 올라 한번 웃으니 구름 하늘이 넓고,
모든 일이 이제부터 걸음마다 형통하리라.

寶城鄕校山陽文會(보성향교산양문회) 第105回(제105회) 全國漢詩 投稿詩
2025(乙巳年 을사년). 09. 12.

祝世宗市草廬歷史公園竣工
(축세종시초려역사공원준공)

축 세종시 초려 역사공원 준공

奔浪信鳥起機宜	분랑신조기기의
剋勝倭患救殆危	극승왜환구태위
旦夕叫號湍耳介	단석규호단이개
澆訛日寇盜隨時	요와일구도수시
原禽偃鼠渾明氣	원금언서혼명기
冒死愁何在未知	모사수하재미지
映畫鳴梁要彦士	영화명량요언사
姚黃戀戀淚深思	요황련련루심사

사납게 흐르는 물결에 갈매기들 때맞춰 날 제,
왜군 환난 어렵게 겪고 위태로운 나라 구했네.
밤낮으로 부르짖는 소리 귓전에 여울지고,
참되지 못한 일본 수시로 도적질일세.
꿩과 두더지가 밝은 기운 흐리게 하니,
죽음 무릅쓴 시름 어디로 간지 알 수 없네.
영화 명량은 훌륭한 인물을 필요로 하는데,
모란을 그리는 마음으로 눈물 흘리네.

世宗市草廬歷史公園竣工(세종시초려역사공원준공) 投稿詩(투고시)
2014(甲午年 갑오년). 09. 10.

願國泰民安(원국태민안)

나라가 태평하고 국민이 살기가 평안함을 바라며

寢睡晨吟寤艷陽	침수신음오염양
松濤鵲報覬悠長	송도작보기유장
興農老圃陶和色	흥농노포도화색
麗日村中欠野芳	여일촌중흠야방
克孝分甘諧對答	극효분감해대답
宜家卜正互宣揚	의가변정호선양
人綱美擧雍三極	인강미거옹삼극
四宇明時望百昌	사우명시망백창

자다가 새소리에 깨보니 늦봄의 계절이고,
솔바람 기쁜 소식은 길고 오랜 바람이네.
농업을 진흥하니 늙은 농부 기뻐 온화함 일고,
화창한 날씨에 온 마을 들꽃도 하품하네.
효도하며 같이 즐기니 화합으로 대답하며,
집안이 화목하니 서로 바로잡아 널리 떨치네.
사람의 기본이 아름다우니 삼재가 화합하고
천하가 태평 세상으로 모든 일이 왕성 하기 바라네.

王仁博士漢詩紙上白日場(왕인박사한시지상백일장) 投稿詩(투고시)
2015(乙未年 을미년)) 03. 13.

願東海神廟聖域化(원동해신묘성역화)

동해 신묘 성역화를 바라며

悠遠祭壇元壯辰	유원제단원장신
東神聖域必傳新	동신성역필전신
襄陽海水太洋友	양양해수태양우
雪岳森羅仙境隣	설악삼라선경린
天惠攢峯無比卓	천혜찬봉무비탁
自然八景展全均	자연팔경전전균
懇誠業力祈成效	간성업력기성효
美事尊崇永代伸	미사존숭영대신

오랜 세월 원장제를 모셔온 제단인,
동해 신묘는 새로운 성역화로 꼭 후세에 전해야 하네.
양양의 바다는 태평양과 벗하고,
설악산의 무성한 나무 선경과 이웃했네.
천혜의 봉우리 비할 바 없이 뛰어나고,
자연 팔경이 전역에 펼쳐져 있네.
간절히 바라는 사업(성역화) 보람 있길 바라며,
아름다운 일이 존숭받아 영세토록 펼쳐지기를.

襄陽文化院紙上白日場(양양문화원지상백일장) 投稿詩(투고시)
2022(壬寅年 임인년). 11. 15.

渴望東海神廟聖域化(갈망동해신묘성역화)

동해 신묘 성역화를 갈망하며

悠久元壯址忌辰	유구원장지기신
廟堂聖域必然新	묘당성역필연신
襄陽海若千秋友	양양해약천추우
雪嶽山君萬古隣	설악산군만고린
典祀尊崇傳世赫	전사존숭전세혁
香花美譽化民均	향화미예화민균
懇求事業祈成就	간구사업기성취
白戰和同永代伸	백전화동영대신

오랜 세월 원장제를 모셔온 터인,

동해 신묘는 새로운 성역화가 필연이라,

양양의 해신은 긴 세월 벗고,

설악산의 산신은 한없이 이웃했네.

제사를 존숭하여 대대로 빛났고,

향기로운 꽃은 명예롭게 백성을 고루 교화했네.

간절한 바람(성역화) 성취하길 빌며,

화합하는 백일장도 오래도록 펴기를.

2022(壬寅年 임인년). 11. 10.

彈琴臺觀楓(탄금대관풍)

탄금대 단풍을 보며

安居樂聖賞朝陽	안거락성상조양
麗曲彈琴奮異鄉	여곡탄금분리향
擽坮才分遒告教	역랄재분주고교
時禽鐵幹噪姸粧	시금철간조연장
爭鋒殉國基申砬	쟁봉순국기신립
斷岸哀鴻吼所藏	단안애홍후소장
汎汎潺湲青勝友	범범잔원청승우
群邦祝祭奐胚囊	군방축제환배낭

악성 우륵이 편안히 아침 해를 즐기니,

가야금의 아름다운 곡조 타국까지도 명성이 드날렸네.

뛰어난 재주로 가야금을 가르치니 사람들이 모이고,

새들도 매화나무에서 단장하고 지저귀네.

신립 장군 왜군과 싸우다 순국한 곳이니,

낭떠러지에서 큰 기러기 통곡을 간직하네.

물이 넓게 소리 내어 흐르니 소나무 푸르고,

세계 축제의 배낭으로 빛나네.

2013(癸巳年 계사년). 11. 12.

王仁文化觀光祝祭選定(왕인문화관광축제선정)

왕인 문화 관광 축제 선정

旭日典常興邑城	욱일전상흥읍성
鴻儒修業月彰明	홍유수업월창명
天皇蹈舞千花氣	천황도무천화기
道岬行吟百鳥聲	도갑행음백조성
告敎詩文輝懿德	고교시문휘의덕
才分藝術振芳名	재분예술진방명
吉亨讚美淸風響	길형찬미청풍향
選定觀光慶祝迎	선정관광경축영

도리를 지켜가니 아침 해가 영암에 일고,

큰 학자의 뜻을 닦으니 달빛도 밝아.

천황봉에서 좋아라 춤을 추니 여러 꽃의 근원이 되고,

도갑봉을 거닐며 읊조리니 많은 새도 지저귀네.

시와 글을 깨닫도록 가르치니 덕행을 떨치고,

타고난 예술의 재주가 명예롭게 빛나네.

잔치를 베풀며 칭송하고 맑은 바람 소리로,

문화관광축제 선정을 경축하며 맞이하네.

王仁博士追慕漢詩紙上白日場(왕인박사추모한시지상백일장) 投稿詩(투고시)

2020(경자년 庚子年). 06. 12.

祝·王仁博士誕生聖基洞(축·왕인박사탄생성기동)

왕인 박사 탄생지 성기동 축하

月出王師精氣生	월출왕사정기생
朗州星宿世榮明	낭주성수세영명
鳩林養士人情厚	구림양사인정후
聖洞儒風志節淸	성동유풍지절청
日本傳經成偉積	일본전경성위적
山齋理法振名聲	산재이법진명성
盛開祝祭輝靑史	성개축제휘청사
探賞欽崇不絶迎	탐상흠숭부절영

왕인 박사 월출산의 정기 받아 탄생하셨고,
낭주의 별자리 별들 세상의 영예를 밝혔네.
구림은 선비 길러 인정을 두터이 했고,
성기동 유풍은 지조와 절개를 맑게 했네.
일본에 경서를 전하여 위대한 공적 이루었고,
문산재는 도리와 예법으로 명성을 떨쳤네.
성대하게 축제를 열어 청사에 빛나니,
존경하고 숭배하는 탐상 객들 끊임없이 맞이하리라.

王仁博士追慕漢詩紙上白日場(왕인박사추모한시지상백일장) 投稿詩(투고시)
2025(乙巳年 을사년). 04. 15.

追慕保軒張基德先生生辰百周年
(추모보헌장기덕선생생신백주년)

보헌 장기덕 선생 생신 백 주년 추모

保軒弧宴百周迎	보헌호연백주영
四海無雙頌美聲	사해무쌍송미성
道學佳芳傾素志	도학가방경소지
華西影印盡丹誠	화서영인진단성
蘆山創建豐功樹	노산창건풍공수
影幀尊賢偉績成	영정존현위적성
堅守高風遺苦節	견수고풍유고절
綱常嗣續世中明	강상사속세중명

보헌 선생의 백주 생신 잔치 환영하니,
세상에 견줄 짝이 없다는 송미 소리 드높아라.
아름다운 향기의 도학 정신을 품은 뜻 기울여,
화서 선생 문집 영인 간행에 정성을 다했다오.
노산사를 창건하여 풍공을 세웠고,
공적을 세운 존현의 영정을 정비하였네.
고풍이 튼튼히 지켜가는 고절을 후세에 남기니,
강상의 도는 대를 이어 세상을 환히 밝히리라.

2020(庚子年 경자년). 10. 16. 祝

王仁及千字文(축왕인급천자문)

왕인(王仁) 박사가 천자문을 일본에 전한 업적을 축하

道岬明光莈大東	도갑명광부대동
王師慕念頌和同	왕사모념송화동
千文日本無雙慶	천문일본무쌍경
經典朝鮮第一功	경전조선제일공
聖地靈巖英傑上	성지영암영걸상
仙鄕册窟巨儒中	선향책굴거유중
驪駒數曲心先醉	여구수곡심선취
祝宴輿人興不窮	축연여인흥불궁

도갑봉의 밝은 빛이 우리나라에 널리 퍼지니,
왕인 박사를 사모하는 마음 모아 기리고,
천자문은 일본의 둘도 없는 경사요,
경서는 조선에 으뜸 되는 공이었네.
거룩한 땅 영암은 뛰어난 인물들을 숭상하고,
선경의 터 책굴은 큰 학자의 마음이라네.
여구곡 몇 곡이 마음을 앞서서 취하게 하여,
축하 잔치의 뭇 사람들 흥이 끊임없어라.

靈巖漢詩紙上白日場(영암한시지상백일장) 投稿詩(투고시)
2021(辛丑年 신축년). 04. 10.

追慕拙灘金權先生의 學德과 忠誠
(추모졸탄김권선생의 학덕과 충성)
추모 졸탄 김권 선생의 학덕과 충성

志介金公似月明	지개김공사월명
高風不朽偉眞成	고풍불후위진성
堂堂性品平生業	당당성품평생업
烈烈忠誠死士名	열렬충성사사명
配所江湖山色古	배소강호산색고
抱川澗谷水花淸	포천간곡수화청
丹心竹帛千秋鑑	단심죽백천추감
正道遺芳萬歲聲	정도유방만세성

충간공 김권 선생 지개는 월광과 같고,
진실로 고풍은 영원토록 위대하네.
당당한 성품은 평생의 공업이고,
열렬한 충성은 결사의 선비라네.
배소의 강호 산색도 예스러웠고,
포천의 산골짜기 연꽃도 맑았어.
단심은 죽백으로 천추의 본이요,
정도의 유방은 만세의 소리라네.

抱川文化院漢詩紙上白日場(포천문화원한시지상백일장) 投稿詩(투고시)
2022(壬寅年 임인년). 04. 05.

讚不義不屈光州精神(찬불의불굴광주정신)

불의 불굴의 광주 정신을 기리며

毅勇光州常理成	의용광주상리성
多時史蹟抗行聲	다시사적항행성
六山繞帶花無語	육산요대화무어
極樂圜流草有情	극락환류초유정
護國精神千古態	호국정신천고태
丹心不屈萬年明	단심불굴만년명
義魂意氣生前業	의혼의기생전업
四宇三鄕第一名	사우삼향제일명

의용한 광주는 도리로 이뤄져,
오랜 사적으로 숭고한 노래였네.
여섯 산이 둘러 꽃도 말이 없고,
극락강이 흘러 풀도 정이 깊어라.
호국정신은 천고의 맵시고,
단심으로 꿋꿋함 오랜 세월 밝혔네.
의로운 넋과 장한 마음 생전의 업이었으니,
천하 삼향 중 제일이라 이름나리.

瑞石漢詩協會紙上白日場(서석한시협회지상백일장) 投稿詩(투고시)
2022(壬寅年 임인년). 05. 17.

願雪嶽五色索道建設(원설악오색삭도건설)

설악산에 케이블카 건설을 바라며

旭旦紅潮元氣東	욱단홍조원기동
森羅斷峀萬年同	삼라단수만년동
襄陽寶庫無雙景	양양보고무쌍경
雪嶽天然第一風	설악천연제일풍
怪石人人稱峭麗	괴석인인칭초려
琪花處處是天功	기화처처시천공
公言索道爲君主	공언삭도위군주
步步觀光慶喜隆	보보관광경희륭

해 뜰 무렵 홍조 원기 동에서 오니,
삼라의 단수는 한결같아,
양양의 보고는 무쌍의 경치이고,
설악산의 천연은 으뜸의 위광이네.
괴석은 각각 초려하다 칭하며,
기화는 곳곳에서 천공이라 하니,
케이블카가 대통령의 공언대로 설치되면,
관광객 걸음마다 기쁨이 풍성하리.

襄陽文化院紙上白日場(양양문화원지상백일장) 投稿詩(투고시)
2022(壬寅年 임인년). 06. 11.

登雪嶽纜車有感(등설악람차유감)

설악산 케이블카 느낌

雲壑徐開露古香	운학서개로고향
萬峯如畫立蒼蒼	만봉여화립창창
纜車凌漢疑乘鶴	람차능한의승학
心境沖融欲擧陽	심경충융욕거양
秋氣滿山澄野色	추기만산징야색
海風沁袖散幽涼	해풍심수산유량
回眸大地塵勞遠	회모대지진로원
一念空靈入太陽	일념공령입태양

구름 낀 골짜기가 서서히 열리며 설악산 고유의 깊은 기운이 드러나,
수많은 봉우리가 그림처럼 푸르게 서 있네.
케이블카가 하늘로 오르니 학을 타고 승천하는 듯하고,
마음이 비워지고 맑아지며 양기가 솟아오르는 듯하네.
가을 기운이 산을 가득 채워 들판의 색도 맑아 보이며,
동해 바람이 소매로 스며들어 은은하게 서늘함을 퍼뜨리네.
뒤돌아보니 세상의 번잡함이 멀어져 있고,
한 생각이 비워지면 마음이 밝은 빛 속 들어가는 듯하여라.

2025(乙巳年 을사년). 06. 01.

促織(촉직)

귀뚜라미

蟋蟀在堂恩順天   실솔재당총순천
銀河月色繹相憐   은하월색역상련
回程往復皆千里   회정왕복개천리
夢幻浮生又一年   몽환부생우일년
流水休休天下事   유수휴휴천하사
孤雲瞿瞿日高眠   고운구구일고면
殘春峻德修容與   잔춘준덕수용여
好樂無荒自的然   호락무황자적연

천명을 따르기 급하니 귀뚜라미 집에 들고,
은하의 달빛도 서로 동정하며 다스리네.
왕복한 길 돌아보니 다 천 리 같고,
꿈같이 덧없는 인생 또 일 년이 갔네.
유수처럼 세상의 모든 일이 평화롭고 한가하니,
외로운 구름도 조심스레 한낮에 쉬네.
남은 봄은 덕을 닦으며 여유롭게,
즐기되 빠지지 않고 그러하게 살아가리.

2022(壬寅年 임인년). 10. 11.

慶祝抱川市昇格二十週年記念
(경축포천시승격이십주년기념)
포천시 승격 이십 주년 기념을 경축하며

慶祝人文爲廿年	경축인문위입년
淸風朗月溢開筵	청풍랑월일개연
山城寶庫千秋赫	산성보고천추혁
八景名詩萬古連	팔경명시만고연
烈烈綱常昇品格	열렬강상승품격
堂堂雅旨潑求全	당당아지발구전
灘江水勢輝靑史	탄강수세휘청사
坐是繁榮樂土傳	좌시번영락토전

인문 도시 승격 20년을 축하하려,

시원한 바람과 밝은 달이 연석에 가득하네.

반월산성의 보고는 천추에 빛나고,

영평 팔경의 명시는 만고에 이어지네.

열렬한 도리로 품격이 오르니,

당당한 바른 생각이 온전하게 솟아나네.

한탄강 물의 형세 청사에 빛나면,

이로 인해 번영하고 낙토로 전해지리.

抱川文化院漢詩紙上白日場(포천문화원한시지상백일장) 投稿詩(투고시)

2023(癸卯年 계묘년). 04. 11.

高峯先生道學思想闡揚(고봉선생도학사상천양)

고봉 선생의 도학 사상을 널리 알리며

高峯至敎炫歌詩	고봉지교현가시
學海湖南奮好期	학해호남분호기
領袖淸廉邪妄見	영수청렴사망견
元功偉藝笑眞知	원공위예소진지
瞳瞳楂楂神仙近	동동사사신선근
謹直鴻儒富貴遲	근직홍유부귀지
跋刺南冥琴麗曲	발랄남명림려곡
先師術業刻深思	선사술업각심사

고봉 선생 뛰어난 가르침 시가 빛났고,
호남 학문 넓게 펼치는 좋은 시기였네.
청렴하고 그릇된 것은 멀리하여 선비들의 영수였고,
뛰어난 재주로 세운 공은 참된 지식으로 꽃피었네.
해 뜨면 물이 빛나니 신선을 닮았고,
올곧은 대학자로 부귀는 더디었네.
남쪽 바다의 새는 날아오르고 아름다운 노래 무성하니,
선생의 학문 새기며 깊은 생각에 젖으리.

2022(壬寅年 임인년). 12. 07.

追慕梅軒尹奉吉義士義擧八十週年
(추모매헌윤봉길의사의거팔십주년)

매헌 윤봉길 의사 의거 팔십 주년 추모

梅軒爆彈擲機先　　매헌폭탄척기선
潰敗仇方故國天　　궤패구방고국천
地主凉花欣剗路　　지주량화흔리로
氷魂蜀鳥願安全　　빙혼촉조원안전
要盟晻世當昭代　　요맹엄세당소대
旭日黎民好大賢　　욱일려민호대현
奄奄兇行千里憶　　엄엄흉행천리억
琤琤景命萬人傳　　쟁쟁경명만인전

윤봉길 의사 폭탄을 던져 기선을 잡으니,
일본이 무너지는 폭음 조국 하늘 울렸네.
목화밭 주인 고갯길에서 기뻐하고,
매화나무 위 두견은 안전하기를 바라네.
강제로 맺은 캄캄한 세상 태평성세 마땅한데,
대현을 모든 백성 아침 해를 보듯 반기네.
어둡고 흉악한 일 멀리까지 잊지 않고,
물흐름을 대명으로 만인에게 전하리.

2012(壬辰年 임진년). 09. 10.

讚河東文物(찬하동문물)

하동 문물을 기리며

奉公培植暢圖南	봉공배식창도남
河擁鼓湍幷綠潭	하옹고단병록담
才術允諧銘滿發	재술윤해명만발
暗香訴合渫幽探	암향흔합설유탐
鳴絲曲引敲閶闔	명사곡인고창합
國樂淸氣衍翠嵐	국락청분연취람
詩境好歌連卓筆	시경호가련탁필
首都文學勝光含	수도문학승광함

인재를 기르고 공사를 위해 힘쓰니 큰 계획으로 화창하고,

섬진강을 품은 여울 푸른 늪을 아우르네.

재능과 기술 잘 어울려 활짝 피어 새겨지니,

그윽한 향기 하나로 출렁이어 조용히 찾아보네.

거문고 가락으로 하늘 문을 두드리니,

보랏빛 남기로 흐르네.

아름다운 경치 좋은 노래 문장으로 이어지고,

뛰어난 문학 수도의 영예를 품었네.

河東鄕校漢詩紙上白日場(하동향교한시지상백일장) 投稿詩(투고시)

2013(癸巳年 계사년). 09. 12.

梅俏不爭春(매초부쟁춘)

매화는 아름답게 피되 봄을 다투지 않는다

嚴多玉骨夜三奇	엄동옥골야삼기
新麗紅脣桂女窺	신려홍순계녀규
雪客朋飛千歲域	설객붕비천세역
子規孚乳萬年枝	자규부유만년지
香雲鐵幹煙霞想	향운철간연하상
梅信催花雨露思	매신최화우로사
淸士探春誰妬忌	청사탐춘수투기
忘形勝友自怡怡	망형승우자이이

매화는 엄동의 한밤에도 기이하여,

아름답게 피어나는 붉은 입술 달 선녀가 엿보며,

해오라기는 긴 세월의 터에 떼지어 날고,

두견은 오랜 가지에 알을 품어 까며,

가지에 꽃이 흐드러지니 산수의 경치를 그리고,

매화꽃 소식에 봄비의 은혜를 생각하네.

청렴한 사람의 봄놀이에 누가 시기할까?

좋은 벗과 나를 잊고 스스로 즐기리.

思恩亭(사은정) 投稿詩(투고시)

2020(庚子年 경자년). 06. 20.

父母恩惠(부모은혜)

부모님 은혜

良家孝順露花新	양가효순로화신
美擧隆名仰慕伸	미거융명앙모신
困竭難忘溫我體	곤갈난망온아체
辛艱罔極哺吾身	신간망극포오신
人綱綜達頭鬚變	인강종달두수변
禮訓光榮骨肉親	예훈광영골육친
萌蘖好風天作雨	맹얼호풍천작우
典常欽尙萬年遵	전상흠상만년준

좋은 집안은 부모를 잘 모셔 이슬에 젖은 꽃처럼 새롭고,
아름다운 일로 훌륭한 평을 얻어 앙모되네.
가난했는데 나를 따뜻하게 키워주셔 잊기 어렵고,
고생하면서도 이 몸을 길러주신 은혜 한이 없어라.
머리와 수염이 변하여 인강을 깨달으니,
예훈의 영예는 골육지친이 가까이 함이라네.
좋은 풍습은 저절로 오는 비로 새잎이 돋아나듯,
부모를 흠상하는 도리는 오래도록 좇아야 하네.

思恩亭(사은정) 投稿詩(투고시)
2019(己亥年 기해년). 08. 05.

繼志善述(계지선술)

선조의 뜻을 이어받아 잘 따름

峻德斜陽名畫廊	준덕사양명화랑
娑婆匪賊得榮光	사바비적득영광
宜家烈烈千秋鑑	의가렬렬천추감
孝順堂堂萬古綱	효순당당만고강
玩世滔天驅逐後	완세도천구축후
淫非摘抉更宣揚	음비적결경선양
閑華普照遷人我	한화보조천인아
履尙尊崇讚美祥	이상존숭찬미상

밝은 덕은 저녁 볕으로 이름난 그림 속에만 걸리고,

사바세계에서는 비적들이 영광만 얻으려 하네.

열렬한 집안의 화목은 긴 세월 본보기이며,

당당하게 부모를 받듦은 오랜 세월 법칙이니,

세상일을 경시한 죄악을 쫓아낸 후,

바르지 못함을 들춰 도려내 고치고 선양하면,

아름다운 모양이 골고루 비추어 남과 내가 변해,

고상함을 숭배하고 찬미하는 상서로움이 있으리.

思恩亭(사은정) 投稿詩(투고시)
2020(庚子年 경자년). 08. 03.

雪中梅(설중매)

눈 속에 핀 매화

散步芳姿醉艶陽	산보방자취염양
遭逢秀氣美人望	조봉수기미인망
花兄冷峭無雙處	화형냉초무쌍처
勝友風絲第一鄉	승우풍사제일향
靑眼留連忠朴笑	청안유련충박소
白頭抵掌頌春觴	백두저장송춘상
綱常細浪思恩鏡	강상세랑사은경
禮義公園萬古香	예의공원만고향

화창한 봄날에 산보하며 아름다운 자태에 취해,
수려한 경치에서 미인을 우연히 만나 바라보네.
몹시 추워도 피는 매화꽃 견줄 데 없고,
소나무에 산들바람 나부끼니 제일가는 고향이네.
벗과 머뭇거리며 꾸밈없이 웃음꽃 피고,
센 머리에 신나는 얘기로 봄을 기리며 술을 나누니,
강상의 잔물결로 사은정이 거울 되어,
예의의 공원으로 만고에 향기로우리.

思恩亭(사은정) 投稿詩(투고시)
2021(辛丑年 신축년). 02. 15.

孝親(효친)

어버이에게 효도함

元德持循敦睦成	원덕지순돈목성
分甘克孝潤身情	분감극효윤신정
鰱魚母性心魂立	연어모성심혼립
鱧鱧施行人道平	승례시행인도평
啓沃綱常輝吉慶	계옥강상휘길경
宣章禮義振芳名	선장예의진방명
傳承美擧尊崇志	전승미거존숭지
反哺明時劭令榮	반포명시소령영

큰 덕을 좇아 행해야 화목이 이루어지고,
자애를 베풀고 효도로 섬겨야 정이 흐르며,
연어의 모성애는 정신을 바로 세우고,
가물치의 몸 바침은 인륜을 바르게 하네.
강상의 도리를 성의껏 인도해야 경사가 빛나고,
예의는 널리 펴져야 꽃다운 이름으로 떨쳐지며,
존숭의 마음은 갸륵하여 전승되고,
반포지효는 태평 세상의 덕행으로 빛나리라.

思恩亭(사은정) 投稿詩(투고시)
2021. 辛丑年(신축년). 06. 03.

如天父母恩惠(여천부모은혜)

하늘 같은 부모 은혜

勝友靑靑萌蘗身	승우청청맹얼신
停雲野色允諧新	정운야색윤해신
幽懷反哺花同笑	유회반포화동소
澹泊佳姸鳥自親	담박가연조자친
惠恤分甘良俗守	혜휼분감양속수
詒謀絶愛美風馴	이모절애미풍순
大經感佩無雙美	대경감패무쌍미
至孝綱常萬歲伸	지효강상만세신

소나무는 청청하여 새 움이 나,
머무른 구름, 들의 경치와 어울려 새롭고,
마음속 품은 생각 까마귀의 효는 꽃도 활짝 웃고,
깨끗하고 아름다워 새들도 절로 찾네.
어루만지고 자애로 양속을 지켜가며,
자식을 위한 사랑으로 미풍을 쫓게 했으니,
기리는 도리 견줄 데 없는 아름다움으로,
지극한 효성의 도덕 영원토록 펼쳐지리라.

思恩亭(사은정) 投稿詩(투고시)
2021(辛丑年 신축년). 08. 05.

壬寅仲春思恩亭賞梅宴(임인중춘사은정상매연)

임인년 중춘 사은정 매화 감상 연회

勝地恩亭探仲春	승지은정탐중춘
宏儒律手賞梅頻	굉유율수상매빈
扶風玉骨丈夫志	부풍옥골장부지
冷僻紅屑君子身	냉벽홍순군자신
慶喜萌芽和月夜	경희맹아화월야
香雲花蕊降霜晨	향운화예강상신
人宗玉食高堂宴	인종옥식고당연
凱弟殘懷爽快神	개제잔회상쾌신

경치 좋은 사은정을 이월에 찾으면,

대학자와 시인들 매화 감상 빈번하고,

센 바람 속 매화 장부의 마음이며,

인적 드문 벽지 꽃송이는 군자의 몸이라,

싹도 달밤과 화해하니 경사스럽고,

새벽부터 서리 내려도 꽃이 만발하며,

고당에서 존경받는 분들과 맛난 잔치로,

즐겁게 회포를 푸니 마음이 상쾌하네.

思恩亭(사은정) 投稿詩(투고시)
2022(壬寅年 임인년). 03. 10.

娛思恩亭風流(오사은정풍류)

사은정 풍류를 즐기며

沃野耕耘蜂午忙	옥야경운봉오망
恩亭秀士飲梅香	은정수사음매향
賢英慶喜吟千首	현영경희음천수
麗質中情醋一觴	여질중정작일상
措大詩興聞藉藉	조대시흥문자자
虹橋妙品見常常	홍교묘품견상상
鮮明傑句連年赫	선명걸구연년혁
活氣名華萬世昌	활기명화만세창

기름진 땅에 농사지으니 붐비어 바쁘고,
사은정의 수사들 매향을 머금었네.
현영은 기뻐 천수의 시를 읊고,
미인은 마음 다해 술 한 잔 권하네.
선비들이 시흥에 젖으니 자자하게 들리고,
무지개처럼 아름다운 명작이 늘 보이니,
선명한 걸구 연년이 빛나고,
활기찬 명예 영원토록 창성하리라.

思恩亭(사은정) 投稿詩(투고시)
2022(壬寅年 임인년). 05. 01.

癸卯思恩亭賞梅宴(계묘사은정상매연)

계묘년 사은정 매화 감상 연회

飽學恩亭萬世光	포학은정만세광
賢英結束設黌堂	현영결속설횡당
玉窓日脚梅花發	옥창일각매화발
珠箔風濤征雁翔	주박풍도정안상
我國惛恢痒澗戶	아국혼노양간호
康津至教導仁鄉	강진지교도인향
春遊麗曲詩吟祝	춘유려곡시음축
何處佳時豈暫忘	하처가시기잠망

학식이 사은정에 가득해 만세에 빛나고,

현영이 결속하여 글방을 세우네.

옥창에 햇살이 비추니 매화가 만발하고,

주렴에 바람이니 기러기가 멀리 나네.

나라의 골짜기 집까지 어수선함을 걱정하는데,

강진의 훌륭한 가르침 인향으로 인도하네.

봄놀이의 여곡을 시음으로 축하하니,

어디서나 좋은 때를 어찌 잠시라도 잊으리.

思恩亭(사은정) 投稿詩(투고시)
2023(癸卯年 계묘년)). 02. 25.

思恩亭風流(사은정풍류)

사은정의 풍류

綠水康津陽葉靑	녹수강진양엽청
山中好是萬壽亭	산중호시만수정
風聲美港似歌管	풍성미항사가관
霧散無爲如畫屛	무산무위여화병
處處花前烹石鼎	처처화전팽석정
穰穰月下注銅甁	양양월하주동병
思恩勝景賢英會	사은승경현영회
敏邁吟詩讚美停	민매음시찬미정

강진의 녹수는 햇볕 받아 푸르고,
산중에 오랜 정자 있어 좋구나.
마량 미항의 바람 소리 음악과 같고,
무위사의 무산은 병풍과 같아라.
곳곳의 꽃 앞에는 돌솥에 안주가 익고,
풍년의 달 아래에선 술병이 흐르네.
사은정의 뛰어난 경치에 현영이 모여,
고매함을 시로 읊고 찬미하며 머무네.

思恩亭(사은정) 投稿詩(투고시)
2023(癸卯年 계묘년). 06. 26

懷思恩亭風流(회사은정풍류)

사은정의 풍류를 생각하며

康津百世起淸風	강진백세기청풍
舊友思恩燦爛穹	구우사은찬란궁
萬綠山川靑眼客	만록산천청안객
梅花樹立白頭翁	매화수립백두옹
鷗波典委隨時傍	구파전위수시방
夏水天光雅宴同	하수천광아연동
樂舞詩文諧旨酒	낙무시문해지주
名流竹帛頌無窮	명류죽백송무궁

강진에 오래도록 맑은 바람이 이니,
오랜 벗 사은정의 찬란한 하늘.
푸른 숲의 산천에 반가운 손님,
매화꽃을 굳게 세우더니 백두옹이 되셨구려.
갈매기가 유유자적하며 수시로 곁에 있고,
여름 물결 맑은 하늘 아래 고아한 주연 함께하네.
노래와 춤 시문이 맛 좋은 술과 어울리니,
명사들 사서에서도 끝없이 기리리라.

思恩亭(사은정) 投稿詩(투고시)
2024(甲辰年 갑진년). 06. 30.

思恩亭有感(사은정유감)

사은정 느낌

高商夕麗樹相依	고상석려수상의
令德天邊雪客飛	영덕천변설객비
水鏡康津多絶致	수경강진다절치
任眞月出又家肥	임진월출우가비
秋風萬里黃金氣	추풍만리황금기
日照千門白日輝	일조천문백일휘
詞伯吾伊謳自發	사백오이구자발
思恩竹帛鴈何歸	사은죽백안하귀

가을 저녁놀에 초목이 서로 의지하고,
미덕이 하늘 가에 이르니 백로가 나네.
달 같은 강진은 뛰어난 운치가 많은데,
천연의 월출산 기세로 가정마다 풍만하네.
가을바람으로 만 리까지 황금물결 일고,
많은 문에 햇볕이 내리쬐어 대낮처럼 빛나네.
사백들이 글 읽는 소리에 자발적으로 노래하니,
사은정의 사서로 어찌 기러기가 돌아오지 않으랴?

思恩亭(사은정) 投稿詩(투고시)
2024(甲辰年 갑진년). 10. 15.

思恩亭雅會(사은정아회)
사은정의 글 짓는 모임

烈烈思恩不朽名　　열렬사은불후명

崇儒瑞氣萬年明　　숭유서기만년명

雲中閉目花心動　　운중폐목화심동

秋夜搔頭月魄生　　추야소두월백생

扶植綱常忠孝篤　　부식강상충효독

宣揚守義世安平　　선양수의세안평

淸風讚美詩家煽　　청풍찬미시가선

近水遠山竭力情　　근수원산갈력정

열렬한 사은정 불후의 이름으로,

숭유의 상서로운 기운이 오래도록 빛나,

구름 속에서 눈감으니 꽃이 마음을 움직이고,

가을밤 머리를 긁으니 달이 떠오르며,

인륜의 얼을 세워 충효를 도탑게 하여,

의 지킴을 선양하니 대대로 평안하고,

청풍이 찬미하며 시인을 부추기니,

가까운 물과 먼 산도 정을 다하네.

思恩亭(사은정) 投稿詩(투고시)
2023(癸卯年 계묘년). 10. 15.

乙巳思恩亭賞梅宴(을사사은정상매연)

을사년 사은정 매화 감상 연회

鉢山萌蘗杜鵑鳴	발산맹얼두견명
八景歡然絶妙聲	팔경환연절묘성
造物耽津和氣溢	조물탐진화기일
良辰結束雅懷盈	양신결속아회영
思恩孝烈千秋鑑	사은효열천추감
萬德丹心萬古情	만덕단심만고정
寶貝白蓮冬柏秀	보패백련동백수
倉庚撲打賞梅爭	창경박타상매쟁

바리산에 새순 나니 두견이 울고,
금릉팔경은 기뻐하며 절묘한 소리 내네.
조물주의 탐진강 화기가 넘치고,
좋은 때도 결속하니 아회로 가득하네..
사은정의 효열은 천추의 귀감이며,
만덕산의 단심은 만고의 정이라네.
보배 백련사 동백이 으뜸이라,
꾀꼬리도 푸드덕푸드덕 매화 감상 다투네.

思恩亭(사은정) 投稿詩(투고시)
2025년(乙巳年 을사년). 03. 05.

於思恩亭思兩親恩惠(어사은정사양친은혜)

사은정에서 부모님 은혜를 생각하다

風入靜亭思舊堂	풍입정정사구당
孤雲片月共幽光	고운편월공유광
一生敎誨留胸底	일생교회유흉저
萬古慈仁積意長	만고자인적의장
霜露朝昏添白髮	상로조혼첨백발
山川歲月換蒼霜	산천세월환창상
願將寸草春恩報	원장촌초춘은보
永守初心在故鄕	영수초심재고향

바람이 고요한 정자에 스며드니 옛집 생각이 절로 나고,
외로운 구름과 한 조각 달빛이 함께 그윽하게 비치네.
일생의 가르침은 가슴속에 깊이 남았고,
만고의 자애로운 사랑은 뜻 속에 길이 쌓였네.
서리와 이슬 맞으며 아침부터 저물도록 흰 머리만 더하고,
산천과 세월이 흘러 서리처럼 희게 변했네.
한 뼘의 봄풀 같은 마음으로 봄빛 은혜 갚고자,
그 초심을 영원한 고향에서 지키리라.

2025(乙巳年 을사년). 10. 15.

願行芝幕里(원행지막리)

지막리에 가고파라

玉嶺山靑水淑長	옥령산청수숙장
人煙寥落野花香	인연요락야화향
書聲動處阿婆笑	서성동처아파소
筆影搖時夕照光	필영요시석조광
村路相連情不盡	촌로상련정부진
溪流自淨德恒昌	계류자정덕항창
我胸每憶憧芝幕	아흉매억동지막
欲輅歸舟夢發鄕	욕로귀주몽발향

옥령의 산 푸르고 물은 맑아 길게 흘러,
사람 사는 집은 드물어도, 들꽃 향기 은은히 퍼지네.
책 읽는 소리 들리는 곳마다 할머니의 웃음이 번지고,
붓 그림자가 흔들릴 때 노을빛이 반짝이네.
마을 길이 이어져 있어, 서로의 정은 다함이 없고,
시냇물 스스로 맑아, 덕은 길이 창성하네.
내 가슴 늘 지막리가 그리워,
수레 타고 돌아가고파, 꿈속에라도 가고픈 마을.

2025(乙巳年 을사년). 08. 25.

故桶井里追憶(고통정리추억)

옛 통정리 추억

靑嶺環村氣象雄	청령환촌기상웅
甘泉長溢潤連豊	감천장일윤연풍
人和厚德傳來道	인화후덕전래도
里俗儒風麗日融	이속유풍려일융
石上雙碑苔遠久	석상쌍비태원구
雲邊玉水鳥聲同	운변옥수조성동
今看街陌繁華處	금간가맥번화처
猶見當年舊面容	유견당년구면용

푸른 고개가 마을을 감싸 그 기운이 웅장하고,
단맛의 샘이 늘 넘쳐나 해마다 풍년을 적시네.
후덕한 사람과 화목한 인심의 도가 전하여 내려오고,
유교의 바람이 마을 풍속에 스며 봄기운처럼 화합하네.
쌍정의 돌비 위에는 오래된 이끼가 무성하고,
옥수의 구름 가엔 새소리마저 예전과 같네.
이제 거리를 바라보면 번화한 풍경이 눈에 가득하나,
그 속에서도 옛날의 얼굴, 옛정을 여전히 볼 수 있어라.

2025(乙巳年 을사년). 07. 20.

故桶井里情感(고통정리정감)

옛 통정리 정감

青巒抱里氣長榮	청만포리기장영
玉井淸泉歲自盈	옥정청천세자영
厚德仁風留美澤	후덕인풍류미택
和心舊俗化儒情	화심구속화유정
雙碑古迹傳先史	쌍비고적전선사
斗石蒼苔想昔行	두석창태상석행
今日街衢多富庶	금일가구다부서
猶存淳朴舊鄕情	유존순박구향정

푸른 산이 마을을 감싸 기운이 오래도록 융성하고,
옥정의 맑은 샘은 해마다 스스로 가득 차네.
두터운 덕과 어진 바람이 아름다운 혜택으로 이어지고,
화평한 마음과 옛 풍속은 유학의 정으로 교화되었네.
쌍비의 옛 자취가 선인들의 역사를 전하고,
돌무더기의 푸른 이끼는 옛 걸음을 생각나게 하네.
오늘날 거리는 풍요롭고 번화하지만,
옛날의 순박한 고향 정은 여전히 남아 있네.

2025(乙巳年 을사년). 07. 27.

頌獨島義勇守備隊(송 독도의용수비대)

독도의용수비대를 기리며

東海孤巖固我門	동해고암고아문
義軍三十守青雲	의군삼십수청운
倭舟敢犯驅如電	왜주감범구여전
死志邊功立若雲	사지변공립약운
碧血丹心昭日月	벽혈단심소일월
蒼波白浪護乾坤	창파백랑호건곤
功名永載文書史	공명영재문서사
萬世英靈與國存	만세영령여국존

동해의 외로운 섬, 우리나라의 문을 굳게 지키니,

의로운 군사 서른셋이 푸른 하늘을 받들었네.

왜국의 배가 감히 침범하자 번개처럼 쫓아내고,

죽기로 한뜻 세우니, 그 공훈이 하늘처럼 높네.

푸른 피와 붉은 마음, 해와 달처럼 빛나며,

창파와 흰 물결이 하늘과 땅을 함께 지켰네.

공명은 길이길이 역사책에 실리고,

만세의 영령으로 나라와 함께 존재하리라.

2024(甲辰年 갑진년). 08. 15.

希眞珠獨島主權(희진주독도주권)

진주 독도 주권을 바라며

東海蒼波護國珍	동해창파호국진
孤巖屹立壓群臣	고암흘립압군신
日倭妄說欺天理	일왜망설기천리
韓士情懷衛地仁	한사정회위지인
警哨常燈昭曉月	경초상등소효월
漁舟萬網定平津	어주만망정평진
主權願力昭長久	주권원력소장구
靑史丹心永刻眞	청사단심영각진

동해의 푸른 물결이 나라의 보배를 지키고,
외로운 바위섬이 우뚝 서서 만물 위에 압도하네.
왜국은 망령된 말로 하늘의 이치를 속이나,
우리 겨레는 늘 마음에 땅의 의리를 품네.
경비초소의 등불은 밝은 달빛에 드러나고,
어부의 배는 그물을 천 갈래로 고요히 정박하네.
바라건대 이 주권이 오래도록 드러나길 바라며,
푸른 역사에 붉은 마음으로 영원히 새기리라.

2024(甲辰年 갑진년). 07. 20.

萬物含新(만물함신)

만물이 더욱 새로워짐

雲錦日今颺詰晨	운금일금시힐신
淒辰雲物策車輪	처신운물책차륜
朔空紅鏡辵河津	삭공홍경척하진
午潯汗衣涵苦辛	오욕한의함고신
容悅俗風遑卒卒	용열속풍황졸졸
大登菌鹿滿伸伸	대등곤진만신신
履新來簡察燈燭	이신래간찰등촉
幾度十年醒返春	기도십년성반춘

노을 진 아침 일찍 양풍 불고,

가을 경치를 채찍질하네.

북쪽 하늘 아침 해는 강나루에 쉬엄쉬엄,

무더위에 속옷까지 젖어 괴롭구나.

바람이 아첨하니 당황하여 허둥대고,

풍년들어 곡물창고 가득하니 느긋하네.

새해가 가까이 있다는 편지 살피니,

거듭된 십 년 세월 지나고 봄이 돌아왔네.

2013(癸巳年 계사년). 09. 14.

猛虎伏草(맹호복초)

사나운 범이 풀숲에 엎드려 있다

영웅(英雄)은 일시적으로 숨어있어도 때가 되면 세상에 드러나게 된다

火茸人庶旭廉隅	화용인서욱렴우
侵早券婁悲落枯	침조권루비락고
平旦暑炎穌濁亂	평단서염소탁란
四宇孤塞傲陰謨	사우고색오음모
匹儕淸士現瞳瞳	필제청사현동동
殷足允誠僥協扶	은족윤성요협부
騷屑信風佔伏虎	소설신풍선복호
域中川谷治繁蕪	역중천곡치번무

백성들은 모서리에서 부싯돌에 대고 해가 돋기를 바라며,

이른 아침부터 심신 시달리며 서럽게 영락하네.

새벽 무더위에 깨니 사회는 어지럽고,

온 천하가 자기 의견만 내세우며 계략으로 시끄럽네.

청백한 친구가 빛나는 모양으로 나타나,

넉넉하게 거짓 없이 힘을 모아 도와주길 바라네.

계절풍이 불면 도사린 호랑이가 날아올라,

온 세상 내와 골짜기 어수선함을 잘 다스려야 되는데.

2013(癸巳年 계사년). 09. 14.

道遠知驥(도원지기)

먼길을 달린 후(後)에야 천리마(千里馬)의 재능(才能)을 안다
난세(亂世)를 당(當)해서야 비로소 그 인물(人物)의 진가(眞價)를 알 수 있다

假人淸士隱孤高	가인청사은고고
良友正眞留俊豪	양우정진유준호
危亂域中藏倍儌	위란역중장배걸
出群容與弄天挑	출군용여롱천도
荒原沃野爰新樹	황원옥야원신수
孝順宜家飽美醪	효순의가포미료
奇傑冀行孩歎逝	기걸기행해탄서
千秋換歲願薰陶	천추환세원훈도

빼어나고 청렴한 사람은 홀로 숨어있고,
바르고 참된 벗들은 준호를 기다리네.
나라가 위태하니 햇무리가 감돌고,
뛰어난 사람은 느긋하게 천도를 희롱하네.
거친 농토 옥토 만드니 새싹이 돋아나고,
맛 좋은 술로 부모 봉양하니 집안이 화평하네.
기걸은 세월 감을 탄식으로 달래고,
세월이 흘러도 덕으로 교화하기를 원하네.

2013(癸巳年 계사년). 09. 14.

壬辰歲暮(임진세모)

임진년 세밑

御筵臨節吼豪雄　　어연림절후호웅
毛刺抗衡猬獗窮　　모자항형창궐궁
群衆自誇遊說哄　　군중자과우세홍
龍鳳公選視民瞳　　용봉공선시민동
千人逆境堪成就　　천인역경감성취
叡哲殘燈察慧中　　예철잔등찰혜중
平旦彩雲煎奄冄　　평단채운전엄염
壬辰歲暮此宵空　　임진세모차소공

대통령이 되겠다고 호걸들이 외쳐대고,
고슴도치처럼 팽팽히 맞서 미쳐 날뛰니,
유세장 큰소리로 군중 앞에서 자기 자랑,
바라보는 백성의 눈 인물 고르기 어렵네.
많은 사람은 역경을 성취를 위해 견디며,
현명한 사람은 꺼지지 않는 등불처럼 현명하네.
새벽녘 비단 구름 빠른 세월 애태우고,
임진년 세모도 이 밤이 끝이로세.

2013(癸巳年 계사년). 09. 14.

癸巳新年(계사신년)

계사년 새해

傑人元首選希望	걸인원수선희망
天下御筵要曙光	천하어연요서광
窮迫八方唈倒塌	궁박팔방읍도탑
萬流今上署淸良	만류금상서청양
汗顔屯坎扠從容	한안둔감문종용
凡格敬文回吉祥	범격경문회길상
南北合歡成所願	남북합환성소원
允誠花發歲新昌	윤성화발세신창

국민의 뜻대로 뛰어난 인물 대통령으로 뽑고,
온 나라가 새 대통령에게 서광을 바라네.
곳곳에서 살기 어렵다는 목멘 소리 나오며,
백성들은 청렴한 재상을 임명해 주길 바라네.
고생하며 흘린 땀 유유히 닦아내며,
예의 바른 사람에게 길상이 있기를 바라네.
남북이 기쁨 함께하는 소원 이루어지고,
거짓 없는 꽃이 피어 창성하는 계사년이 되기를.

2012(壬辰年 임진년). 12. 14.

朝光日暮(조광일모)

아침 햇빛과 해거름(날이 저묾)

宵煙煥爛弄晴天	소연환란롱청천
吉慶煌星共隱然	길경황성공은연
宇內風絲燒倍僑	우내풍사소배결
紅潮牛上豫山川	홍조반상예산천
遊禽失墜虛權力	유금실추허권력
睿哲良辰律翌年	예철양신율익년
日暮渾元稀列繼	일모혼원희렬계
朝光步步鏡明鮮	조광보보경명선

저녁 하늘 빛나는 모양 갠 하늘 희롱해도,
샛별의 경사스러움에 함께 하는 은근함.
산들바람에 온 세상 햇무리 불사르고,
아침 해가 붉게 떠 산천은 미리 아네.
나는 새도 떨어뜨리는 그 권력도 헛되니,
좋은 날에 밝은 다음 해를 위해 뜻을 펴고.
지는 해의 기운도 줄지어 성기어 가고,
뜨는 해 밝음을 걸음걸음마다 거울삼소.

2013(癸巳年 계사년). 09. 14.

祝藝鄉珍島大韓民國文化都市指定
(축예향진도대한민국문화도시지정)
예향 진도 대한민국 문화도시 지정을 축하하며

珍島名邦元藝鄉	진도명방원예향
潮聲鼓韻宴花場	조성고운연화장
鳴梁壯氣銀河貫	명량장기은하관
三別忠魂海日藏	삼별충혼해일장
詩舞年年傳雅會	시무년년전아회
畵書處處映濤昌	화서처처영도창
文明錦繡榮都得	문명금수영도득
萬劫光熙與浪揚	만겁광희여랑양

진도는 예향의 으뜸, 명망 높은 고을로,
조수와 북소리 울려 퍼지는 꽃 잔치마당.
명량대첩의 장대한 기상 은하수를 꿰뚫고,
삼별초의 충혼은 바다 위의 해가 간직했네.
시와 춤으로 해마다 아회가 전해지고,
그림과 글씨는 곳곳의 파도에 비춰 더욱 번창하네.
비단처럼 아름다운 문화로 영예로운 문화도시를 얻었으니,
영원토록 빛나는 태평성대가 물결처럼 퍼지리라.

2025(乙巳年 을사년). 08. 18.

畵仙小癡許鍊遺跡(화선소치허련유적)

화선 소치 허련 선생의 자취

遺跡小癡探送迎	유적소치탐송영
沃州巨木美知名	옥주거목미지명
南宗代代培扛鼎	남종대대배강정
藝脈錚錚建貴盛	예맥쟁쟁건귀성
玉骨雲林群鳥樂	옥골운림군조락
儒生霧集百花榮	유생무집백화영
御硯絶筆時人藝	어연절필시인예
竹帛仙鄕後世評	죽백선향후세평

소치 선생 유적 탐방객 보내고 맞으니,
옥주(진도)의 거목으로 널리 알려져 기리네.
대대로 남종화의 필력을 돋우고,
예맥을 쟁쟁하고 높게 세웠네.
운림산방 매화나무 새들이 즐겁게 노래하고,
유생들이 모여드니 많은 꽃이 빛나네.
임금의 벼루로 쓴 뛰어난 필적 그때도 기리었고,
선경에서 사서(史書)에 오른 분이라 후세에도 평하네.

2015(乙未年 을미년). 10. 05.

三別抄裴仲孫將軍(삼별초배중손장군)

삼별초 배중손 장군

精魂死不抗連年	정혼사불항연년
伏節山城頌敬虔	복절산성송경건
擁立王溫雲蝟集	옹립왕온운위집
麗蒙陳沒踵軍聯	여몽진몰종군연
爭鋒自主蹉花霧	쟁봉자주차화무
劍血忠情展柳煙	검혈충정전유연
仰慕殊功千歲赫	앙모수공천세혁
芳名將士萬人傳	방명장사만인전

죽어도 항복하지 않는 넋 해를 거듭해도,
용장산성의 굳은 절개 경건하게 기리네.
왕온을 옹립하니 구름처럼 모여들었는데,
여몽 연합군 계속된 공격에 무너졌네.
자주정신의 싸움은 꽃 안개로 져,
검혈은 충정으로 서린 이내 펼쳤네.
뛰어난 공훈 오랜 세월 우러러 빛나니,
장수와 사병의 꽃다운 이름 만인에 전하세.

2016(丙申年 병신년). 10. 10.

穌齋盧守愼先生沃州流配行蹟
(소재노수신선생옥주유배행적)

소재 노수신 선생 진도 유배 업적

穌齋定配沃州辰	소재정배옥주신
檣上鳴鷗迎偉人	장상명구영위인
俊彦偶然逢共喜	준언우연봉공희
儒生風說會相親	유생풍설회상친
鴻師聖跡千年赫	홍사성적천년혁
改祖蠻行萬姓均	개조만행만성균
文敎隆昌才氣本	문교융창재기본
藝鄕三絶地平新	예향삼절지평신

소재 선생 옥주로 귀양 오던 날,
돛대 위에 갈매기 울며 위인을 맞이하네.
우연히 높은 선비 만나 모두가 기뻐하고,
풍문들은 유생들 친히 서로 모였네.
큰 스승 뛰어난 자취는 천년에 빛나고,
백성들의 만행을 고친 개화지조일세.
문교 융창은 재기의 바탕을 세우니,
삼절의 예향으로 새 지평을 열었네.

2017(丁酉年 정유년). 10. 08.

穌齋盧守愼先生 沃州流配之歎
(소재노수신선생 옥주유배지탄)

소재 노수신 선생 진도 유배의 노래

相國流刑恨歎辰	상국유형한탄신
悲傷一葦俉仁人	비상일위오인인
芬芳寶典頭鬚白	분방보전두수백
滿遍詩歌骨肉親	만편시가골육친
正士菁莪鮮淨習	정사청아선정습
山樵頌美古風淳	산초송미고풍순
藝鄕改祖年年改	예향개조년년개
畫舫謳吟日日新	화방구음일일신

상국 유형 받아 한탄하던 날,

조각배 슬픈 마음 담아 인자를 맞이하네.

향기로운 보배의 책 백발이 되도록,

시가가 두루 미쳐 골육이 화목하네.

바른 선비 모아 인재 교육 곱고 깨끗하게 익히니,

나무꾼도 칭송하며 고풍 버려 순박해졌네.

개화지조의 뜻을 이어 해마다 개선하여 예향이니,

화려한 유람선에서 노래하며 날로 새로워지네.

2017(丁酉年 정유년). 10. 07.

古珍島關門碧波亭(고진도관문벽파정)

옛 진도 관문 벽파정

秀麗風光訪沃州	수려풍광방옥주
相逢別淚考波樓	상봉별루고파루
抗蒙三別死生恨	항몽삼별사생한
倭亂鳴梁俗世愁	왜란명량속세수
畫唱驪歌文士集	화창려가문사집
詩書曲調樂工留	시서곡조악공류
湖南一景關門醉	호남일경관문취
寶庫名區萬客遊	보고명구만객유

수려한 풍광 찾아 진도에 이르니,
만남과 이별의 눈물 벽파루에서 상고하네.
삼별초의 항몽은 죽음과 삶의 한이고,
임진왜란의 명량대첩 속세의 시름이네.
그림과 노래의 송별가로 문사가 모이고,
시서의 가락으로 악공이 머무네.
호남 일경의 관문에 취해,
보고의 명구에서 많은 손님이 즐기리라.

2023(癸卯年 계묘년). 10. 08.

讚人類無形文化遺産珍島阿里娘
(찬인류무형문화유산진도아리랑)
인류무형문화유산 진도아리랑 찬양

沃州卓冠産名鄕	옥주탁관산명향
創作鍾基阿里娘	창작종기아리랑
許鍊雲林才格繼	허련운림재격계
素荃戰捷隷書藏	소전전첩예서장
來賓喝采歡般樂	내빈갈채환반락
探賞稱辭感助長	탐상칭사감조장
壤土民生藝煽動	양토민생예선동
文遺世界永宣揚	문유세계영선양

진도는 뛰어난 사람이 태어난 명향으로,
박종기 선생은 진도아리랑을 창작했네.
소치 선생 운림산방 재주와 품격은 이어지고,
소전 선생 예서는 전첩비가 품고 있네.
내빈 갈채와 환호로 크게 즐기고,
탐상객의 칭찬으로 감응이 조장되네.
토양은 민생을 예술로 부추겼으니,
문화유산은 세계에 영원히 선양되리라.

2024(甲辰年 갑진년). 09. 27.
珍島漢詩白日場(진도한시백일장)

鳴梁大捷(명량대첩)

명량해협에서 크게 이김

驚濤信鳥起機宜	경도신조기기의
剋勝倭患救殆危	극승왜환구태위
旦夕叫號灘耳介	단석규호단이개
澆訛日寇盜隨時	요와일구도수시
原禽偃鼠渾明氣	원금언서혼명기
冒死愁何在未知	모사수하재미지
映畵鳴梁要彦士	영화명량요언사
姚黃戀戀悁深思	요황련련루심사

큰 물결에 갈매기 때맞춰 날고,
왜의 환난 어렵게 꺾어 위태한 나라 구했네.
밤낮으로 부르짖음은 귓바퀴에 여울졌는데,
참됨이 없는 일본 때때로 이익을 취하네.
꿩과 두더지가 아름다운 산천 흐리게 하니,
생명을 걸었던 근심이 어디로 간지 알지 못하네.
영화 명량은 훌륭한 인물을 원하니,
모란을 그리는 마음으로 눈물 흘리네.

珍島全國漢詩白日場(진도전국한시백일장)
2014(甲午年 갑오년). 10. 9.

畵仙小癡許鍊遺跡雲林山房
(화선소치허련유적운림산방)
뛰어난 화가 소치 허련 선생 유적 운림산방

京鄕騷客大歡迎	경향소객대환영
厚德人心振島名	후덕인심진도명
淡白風光廊裡展	담백풍광랑리전
淸純節物紙中盛	청순절물지중성
五宗畵脈千秋冠	오종화맥천추관
三絶文章萬歲榮	삼절문장만세영
佳景山房詩詠讚	가경산방시영찬
艶紅楓葉壯觀評	염홍풍엽장관평

경향 각지에서 온 시인들 대환영에,
후덕한 인심으로 진도 명성 떨쳤네.
풍광을 담박하게 화랑 속에 전시하고,
청순한 철 따라 나오는 물건을 종이 가운데 담았네.
오대에 이은 화맥 천추의 으뜸이요,
시서화 문장은 영원한 영광이라.
좋은 경치 운림산방 시를 읊어 찬송하니,
염홍한 단풍잎도 장관이라 평하네.

珍島全國漢詩白日場(진도전국한시백일장)
2015(乙未年 을미년). 10. 18.

三別抄裵仲孫將軍對蒙抗爭史
(삼별초배중손장군 대몽항쟁사)

삼별초 배중손 장군 대몽 항쟁사

裵公自主幾流年	배공자주기류년
保國忠貞武道虔	보국충정무도건
擁立王溫雲蝟集	옹립왕온운위집
抗蒙決死碧波聯	항몽결사벽파연
別抄邊塞陣營備	별초변새진영비
首將龍城防禦全	수장용성방어전
熾烈爭鋒雖敗北	치열쟁봉수패배
芳名偉業永寰傳	방명위업영환전

장군의 자주정신 얼마의 세월이 흘렀는가?

보국 충정 무도를 공경하네.

왕온을 옹립하니 구름처럼 모여들어,

항몽의 결사 정신 벽파에 이어졌네.

별초군 변방 요새 진영을 갖추고,

배장군 용장성 방어를 온전히 했네.

치열한 전투에서 처절하게 패배했으나,

위대한 업적의 꽃다운 이름은 오래도록 전해오네.

珍島全國漢詩白日場(진도전국한시백일장)

2016(丙申年 병신년). 10. 21.

讚珍島民俗文化藝術寶庫(찬진도민속문화예술보고)

진도 민속문화예술 보고 찬양

天惠珍州垂瑞光　천혜진주수서광
千年寶庫地靈鄕　천년보고지령향
素荃翰墨花郎顯　소전한묵화랑현
摩詰雲林繪畫藏　마힐운림회화장
民俗民謠多産出　민속민요다산출
詩書唱舞繁榮昌　시서창무번영창
茂蘇配所功勳赫　무소배소공훈혁
忠武鳴梁世史揚　충무명량세사양

천혜의 보배 고을에 서광이 드리우니,
천년의 보고로 신령스런 고을이네.
소전의 한묵은 화랑대에 드러나고,
소치의 회화는 운림산방에 소장했네.
민속 민요 많이 산출되고,
시서창무 으뜸으로 번창하였네.
무정과 소재는 귀양처에서 빛나는 공을 세웠고,
충무공의 명량 해전은 세계사에 드날리네.

珍島全國漢詩白日場(진도전국한시백일장)
2018(戊戌年 무술년). 10. 18.

世界名犬珍島犬(세계명견진도견)

세계 명견 진돗개

珍島狰居家畜經	진도령거가축경
五三然物定登廳	오삼연물정등청
韓獹似迅溫淳態	한로사신온순태
獅豹如誃敢戰形	사표여초감전형
企羨英明千里返	기선영명천리반
精神勇猛萬年醒	정신용맹만년성
忠誠到處追從主	충성도처추종주
血統遺傳保不寧	혈통유전보불녕

진도에 좋은 개가 가축으로 살아,
천연기념물 53호로 지정되어 등록되었네.
한나라의 개처럼 빠르고 온순한 모습이며,
사자와 표범같이 민첩하고 필사적으로 싸우네.
영명하여 그리워하면 천 리라도 돌아오고,
용맹한 정신은 오래도록 깨어있다네.
충성으로 이르는 곳마다 주인을 따르니,
유전 혈통을 어찌 지켜야 하지 않으랴.

珍島全國漢詩白日場(진도전국한시백일장)
2019(己亥年 기해년). 10. 24.

寂寞江山(적막강산)

아주 적적하고 쓸쓸한 풍경

銀漢秋聲落葉浮	은한추성낙엽부
庭前月冷伴風颾	정전월랭반풍소
兒孫散去餘香盡	아손산거여향진
兩老相看淚眼愁	양로상간루안수
夢入寒燈心未寐	몽입한등심미매
雲生遠嶺雁悲謳	운생원령안비구
江山寂寞時禽愴	강산적막시금창
枯木誰憐獨樂儔	고목수련독락주

은하수 아래 가을 소리, 낙엽 위에 떠 오르고,
마당엔 찬 달빛과 바람 소리가 함께하네.
자손들 떠나고 나니 남은 음식 향기도 다 사라졌고,
두 늙은이 마주 보며 눈물 머금은 시름 가득.
등불 아래 꿈속에 잠겨도 마음은 쉬 잠들지 못하고,
구름 이는 먼 산에서 기러기만 슬피 우네.
적막강산엔 새들만 철 따라 구슬프게 우니,
누가 고목 곁에서 홀로 즐기는 벗을 알아주랴.

2025(乙巳年 계묘년). 10. 10.

仲秋團圓(중추단원)

중추절 한자리에 모임

桂魄團輝照萬家	계백단휘조만가
金風習習動烏紗	금풍습습동오사
明蟾影外歌聲遠	명섬영외가성원
香餅盤中笑語加	향병반중소어가
淸酌共傾三代酒	청작공경삼대주
朱阡蹈舞九原沙	주천도무구원사
千年俗慶浮雲涌	천년속경부운용
遍地秋光染碧霞	편지추광염벽하

계수나무 달빛이 둥글게 모든 집안을 비추고,
가을바람이 산들산들 불어 검은 갓 자락이 나부끼네.
밝은 달빛 너머로 노랫소리 멀리 퍼지고,
향기로운 송편이 담긴 쟁반 위에 웃음소리 더하네.
맑은 술 따라 올려 삼대의 조상과 함께하고,
붉은 산길마다 선영이 덩실덩실 춤추네.
천년을 이어온 풍속이 뜬구름 같이 솟아오르고,
온 땅에 가을 햇살이 비끼며 붉은 노을에 물드네.

2025(乙巳年 계묘년). 10. 06.

仲秋佳節(중추가절)

한가위

金氣澄和報歲嘉	금기징화보세가
希求佳節滿庭花	희구가절만정화
瓊漿緩酌霜前酒	경장완작상전주
桂魄高懸夢裏茶	계백고현몽리다
笑語盈門孫玉食	소어영문손옥식
香煙繞鼎祭新霞	향연요정제신하
千年舊俗長相憶	천년구속장상억
一夜秋光映紫斜	일야추광영자사

맑은 가을 기운이 고요히 퍼지며 풍년의 기쁨을 알리고,
온 집안에 가득한 꽃처럼 고운 명절의 단란함이 피어오르네.
서리 내리기 전의 고운 술을 천천히 따라 올리며,
계수의 달은 높이 걸려 꿈속의 차향을 부드럽게 감싸네.
웃음소리 문을 채우고, 손자들은 맛있는 음식을 먹고,
향기로운 연기 솟고 솥 가에는 조상께 드릴 제사상 오르네.
천년을 이어온 옛 풍속이 길이길이 기억 속에 남고,
가을빛이 온 밤을 물들여 자줏빛 비탈면에 번지네.

2025(乙巳年 계묘년). 10. 03.

心醉晚秋野花(심취만추야화)

늦가을 들꽃에 취해서

霜氣盈郊露氣融　　상기영교로기융
荒原殘艶照西風　　황원잔염조서풍
無聲自笑塵寰外　　무성자소진환외
有色常留歲月中　　유색상류세월중
遠岫含煙雲靜靜　　원수함연운정정
落陽映水影穹穹　　낙양영수영궁궁
行人若問花何語　　행인약문화하어
微說生終各不同　　미설생종각부동

서리 낀 들과 이슬 머문 벌판에 기운이 감돌고,
거친 들판에 남은 빛이 서풍 속에 비치네.
소리 없이 세속 밖에서 스스로 미소 짓고,
그 빛은 세월 속에도 늘 머무르네.
먼 산은 안개를 머금어 고요히 잠들고,
지는 햇살은 물결에 비쳐 하늘과 맞닿네.
나그네가 묻기를 "꽃이 무슨 말을 하느냐" 말하면,
삶과 죽음의 끝맺음은 모두가 다르다고 은근히 일러주네.

2024(甲戌年 갑술년). 10. 29.

讚藝都珍島(찬예도진도)

예도 진도를 기리며

技祖椒鄕秀士連	기조초향수사련
舟歌萬里撼驚天	주가만리감경천
舞雲樂影橫潮畔	무운낙영횡조반
松島煙光護沃田	송도연광호옥전
講德群賢開壯觀	강덕군현개장관
弘文百卉耀前先	홍문백훼요전선
古今和氣成佳頌	고금화기성가송
卓拔都名滿海傳	탁발도명만해전

기예의 근원이 된 이 고을, 빼어난 인물들의 맥이 길게 이어지고,
뱃 노랫소리 만 리에 떨쳐 퍼져 하늘마저 감동하네.
춤의 구름과 음악의 그림자가 바닷가로 길게 드리우고,
송도의 안개빛 풍광이 기름진 들판을 지켜주네.
덕을 강론하던 여러 현인, 장대한 문화를 펼쳐 놓고,
백 가지 꽃 같은 예술을 넓혀 앞서 빛내었네.
옛 정취와 오늘의 기상이 어우러져 아름다운 찬가를 이루고,
뛰어난 예도의 명성이 바다 가득히 퍼져 온 세상에 전해지리.

2012(壬辰年 임진년). 11. 27.

交遊詩

교유시

頌祝愛門梅軒科試及第(송축애문매헌과시급제)

사랑하는 제자 매헌의 과시 급제를 송축하며

京鄕俊秀巨儒場	경향준수거유장
珍島梅軒榜眼昂	진도매헌방안앙
卓犖文章師表振	탁락문장사표진
隆崇禮道賢行揚	융숭례도현행양
窮究漢學登科狹	궁구한학등과협
夜讀詩經入賞芳	야독시경입상방
敎職獻身才士養	교직헌신재사양
餘生奉仕到榮光	여생봉사도영광

경향 각지 준수한 큰선비 모인 과시장에,
보배 섬 진도의 매헌이 방안에 오르도다.
뛰어난 문장은 사표로 드러나고,
높은 예와 도는 어진 행실 발양 하네.
궁구한 한학도 등과 문은 협소한데,
주경야독한 시경이 입상의 명성이어라.
교직에 헌신하여 많은 재사 길러내고,
여생을 봉사하니 빛나는 광영 이르리라.

榜眼(방안)=壯元 밑에 2등을 뜻함.
전국진도한시백일장 2018. 10. 18. 高山(고산) 金珉在(김민재) 贈吟(증음)

頌祝高山宗師詩篇發刊(송축고산종사시편발간)

고산 김민재 선생님 시편 발간을 송축하며

高山麗句纂吟時	고산여귀찬음시
勝友仙禽囀舞嬉	승우선금전무희
秀士鴻儒多輩出	수사홍유다배출
宗工律手瑞光熙	종공율수서광희
才分至敎千秋赫	재분지교천추혁
學海飛文萬古怡	학해비문만고이
絶比元功偕讚美	절비원공해찬미
隆名感鬼入新碑	융명감귀입신비

고산 선생 시문을 편찬해 읊으니,
소나무 위의 학이 지저귀며 즐거이 춤추고,
큰 학자로 뛰어난 선비를 많이 배출하니,
시인들의 추앙으로 상서롭게 빛나네.
타고난 재주와 훌륭한 가르침은 천추에 빛나고,
넓고 깊은 학문과 뛰어난 문장은 만고의 기쁨이며,
견줄 바 없는 공이라 다 함께 찬미하니,
훌륭한 명성에 귀신도 감동하여 새 비를 세우자 하네.

2018(戊戌年(무술년) 5. 29. 梅軒 吟((매헌음)

門生梅軒(문생매헌)

문하생 매헌

吾愛士梅軒	오애사매헌
廣風博識流	광풍박식류
常衣謙讓服	상의겸양복
似昊禮儀秋	사호례의추
行不萬知視	행불만지시
千思又想尤	천사우상우
淸淳歲事順	청순세사순
君子笑喜周	군자소희주

내가 사랑하는 선비 매헌,

박식하고 품격 우아할 새,

겸양은 항상 의복처럼 갖추고,

예의는 가을 하늘처럼 맑더라.

모든 것 알면서 못 본 체하고,

생각은 더욱더 깊게 하니,

세상사 청순하게 따르고,

그대 보면 누구나 기뻐 웃더라.

2011(辛卯年 신묘년). 11. 23. 高山 金珉在 吟(고산 김민재 음)

頌祝仁山先生漢詩集再刊(송축인산선생한시집재간)

인산 선생님 한시집 재간을 송축하며

彦士仁山修態姸	언사인산수태연
才分妙品作詩篇	재분묘품작시편
貧居焠掌文詞秀	빈거쉬장문사수
窮困劬勤筆法鮮	궁곤구근필법선
學海希求兄弟樂	학해희구형제락
隆名律手子孫賢	융명률수자손현
鴻儒至敎輝靑史	홍유지교휘청사
吟客佳姸萬歲傳	음객가연만세전

훌륭하신 인산 선생님 자태가 우아하고,
타고난 재주로 명시를 출판하셨네.
어려워도 꾸준히 공부하여 문사가 빼어나고,
곤궁해도 부지런히 노력하여 필법도 고와라.
학문의 깊이를 바라니 형제가 즐겁고,
좋은 평판을 받는 시인으로 자손도 어질어라.
고산 선생의 훌륭한 가르침 청사에 빛나고,
인산 시인의 아름다운 표현 영원토록 전해지리라.

2020(庚子年 경자년). 08. 05. 梅軒 朴英寬 吟(매헌 박영관 음)

祝賀玉峯白光勳交遊詩出刊
(축하옥봉백광훈교유시출간)

옥봉 백광훈 교유시 출간을 축하하며

梅軒誕古郡忘年	매헌탄고군망년
出版新刊表敬虔	출판신간표경건
統合豪端諸事集	통합호단제사집
完成册子一心專	완성책자일심전
工夫熟看基盤近	공부숙간기반근
學問深究礎石連	학문심구초석연
稀世士人成大業	희세사인성대업
沃州遺産保藏傳	옥주유산보장전

매헌 선생은 고군면에서 탄생하고 연세를 잊으며,
신간을 출판하여 경건을 표하도다.
호단을 통합하고 여러 일 들을 모아,
책을 완성하는데 오로지 한 마음이었네.
공부는 숙간하여 기반에 가까웠고,
학문은 심구하고 초석으로 이어졌네.
세상에 드문 선비로서 대업을 이루었으니,
옥주의 유산으로 보장하여 전하세.

2022(壬寅年 임인년). 8. 22. 道谷 邊興淵(도곡 변흥연)

吟歲暮一感(음세모일감)

섣달그믐께 일감을 읊음

鬢從歲暮恥霜草	빈종세모치상초
懷緒難堪老境斜	회서난감로경사
終夜寒窓依自枕	종야한창의자침
明朝新曆獻應茶	명조신력헌응차
啖嘗桃酒苦身遠	담상도주고신원
稱頌椒花愁柳加	칭송초화수류가
回憶閒吟空往事	회억한음공왕사
猶衰兩柱我無誇	유쇠량주아무과

晉州(진주) 蘇秉敦(소병돈) 爬沙(파사)

귀밑머리 세모 좇아 허연 것 부끄러운데,
품은 생각 노경으로 기울어짐이 난감 타오.
밤새도록 한창에서 베개에 의지했고,
내일 아침 새 책력에 차례를 올림이라.
맛보는 도소주에 몸의 고통 멀어지고,
칭송하는 산초꽃에 버들 근심 더하누나.
한가히 읊조리며 돌이켜 생각하니,
외려 어버이 쇠해짐에 내 자랑 없구나.

2022(壬寅年 임인년) 除夜(제야)

自警(자경)

스스로 경계하여 조심함

道本吾胸滿	도본오흉만
雖知不易行	수지불이행
向邇先自邇	향하선자이
觀義欲抛生	관의욕포생
克己如攻惡	극기여공악
排他竟有成	배타경유성
聖賢持敬訓	성현지경훈
常在復初名	상재복초명

晉州(진주) 蘇秉敦(소병돈) 爬沙(파사)

도의 근본 내 가슴 가득한데,
비록 알아도 행하긴 어렵다오.
먼 곳 향해선 가까움부터요,
의를 보곤 삶을 던지려 하네.
자신을 극복함은 악을 치듯하고,
다른 것 물리치면 성공 있으리라.
성현 공경 지키라는 훈계는,
항상 처음 회복의 이름에 있네.

2023(癸卯年 계묘년). 01. 06.

今至西曆甲辰元日(금지서력갑진원일)

서력 갑진년 설날에

不敢稱吾老	불감칭오로
故存九秩親	고존구질친
南窓聞去水	남창문거수
舊枕覺來晨	구침각래신
添皺疎寒齒	첨추소한치
論倫少古人	논륜소고인
細君無事禱	세군무사도
踏雪待新春	답설대신춘

晉州(진주) 蘇秉敦(소병돈) 爬沙(파사)

감히 내가 늙었다고 못함은,
고향에 구순의 어버이 계심이라.
남녘 창가서 흐르는 물소리 듣고,
묵은 베개서 새벽 옮 느낀다오.
주름 더하니 시린 이 성글고,
윤리 따지는 옛사람 드물어지네.
아내와 한 해 무탈함 빌다가,
흰 눈 밟으며 새봄 기다린다오.

2024(甲辰年 갑진년). 元日(원일)

玉川朴廷石頌祝(옥천박정석송축)

옥천 박정석 선생을 송축하며

翠屛山嶂漫華姸	취병산장만화연
騷客玉川存祖先	소객옥천존조선
尤異仕官司室長	우이사관사실장
晚年奎運倂深泉	만년규운병심천
常常介潔輝文化	상상개결휘문화
笑笑雙溪碧海連	소소쌍계벽해련
喬嶽出群精撤透	교악출군정철투
信交參詣白花鮮	신교참예백화선

둘러 처진 푸른 산 예쁜 꽃 질펀한 곳,
이곳에 시인 옥천 선생 조상님 계시네.
뛰어난 관리로 기획실장 역임했고,
만년의 규운은 깊은 샘을 아우르네.
늘 굳고 맑은 문화 빛내니,
웃음꽃 쌍계에서 푸른 바다 이루네.
태산처럼 빼어나 정성을 다하니,
믿음으로 모여들어 온갖 꽃 아름다워.

2012(壬辰年 임진년). 08. 08. 梅軒 朴英寬 吟(매헌 박영관 음)

曉泉曺正男頌祝(효천조정남송축)

효천 조정남 선생을 송축하며

澗谿山嶂旼欣然	간계산장민흔연
新里沃田鄕曉泉	신리옥전향효천
安穩典雅常介潔	안온전아상개결
半平生敎育因緣	반평생교육인연
氷文絶筆珹師匠	빙문절필수사장
晩歲佳芳眺白蓮	만세가방조백련
龜鑑逸居紅灼灼	귀감일거홍작작
晏如莞爾翠娟娟	안여완이취연연

산골에 흐르는 물 산도 기뻐 화락하는,
기름진 땅 신리가 효천 선생 고향일세.
평온하고 품위 있어 늘 결백하고,
반평생 교육과 인연을 맺었었지.
문장과 필법을 훌륭한 선생에게 익혀,
노년의 향기 백련을 보는 듯하네.
편안함을 귀감으로 붉게 빛나고,
여유 있게 웃는 모습 아름다워라.

2012(壬辰年 임진년). 08. 18. 梅軒 朴英寬 吟(매헌 박영관 음)

海民梁在福頌祝(해민양재복송축)

해민 양재복 선생을 송축하며

浦漵神祕沓叫呼	포서신비답규호
金湖在福抃歡愉	금호재복변환유
鴻儒小島憀吟氣	홍유소도료음기
每每瞳瞳跡寶珠	매매동동적보주
自晦閑華姿秀士	자회한화자수사
名文鏡淨刻旗竿	명문경정각기간
員丘旨酒挑淸籟	원구지주도청뢰
蹈舞花仙補麗都	도무화선보려도

신비의 바닷가에서 큰 소리로 부르면,
금호도 해민 선생 즐거이 손뼉치네.
작은 섬에 시 읊는 소리 낭랑하니,
늘 환한 모양 귀한 구슬의 자취로세.
재능 감추는 아름다운 선비 모습,
뛰어난 명문 맑게 새겨졌구나
원구의 맛 좋은 술 맑은 바람 따라,
화선의 춤사위 맵시도 곱구려.

2012(壬辰年 임진년). 09. 01. 梅軒 朴英寬 吟(매헌 박영관 음)

石亭朴鐘君頌祝(석정박종군송축)

석정 박종군 선생을 송축하며

德門胎內昵朋儕	덕문태내닐붕제
教育獻身居絶佳	교육헌신거절가
吟客異才英術業	음객리재영술업
宿儒奇筆讚淸齋	숙유기필찬청재
賢英淡泊明冥晦	현영담박명명회
篤恕劬勤逐巷街	독서구근수항가
來者奉公華告老	내자봉공화고로
石亭燈燭仰臨淮	석정등촉앙임회

덕문가에 태어나 동료와 친하고,
교육에 헌신했으니 아름답구나.
걸출한 시인으로 학문이 뛰어나고,
뛰어난 글씨 아름다워 명망이 높네.
어질고 담박하여 어둠 밝히고,
인정 많고 근면하여 따르는 자 많네.
정년으로 봉공하며 후생에 꽃 피우니,
석정 선생 임회의 밝은 등불이어라.

2012(壬辰年 임진년). 09. 18. 梅軒 朴英寬 吟(매헌 박영관 음)

桃岩李春泓頌祝(도암이춘홍송축)

도암 이춘홍 선생을 송축하며

桃岩俊敏聞靑春   도암준민문청춘
勝友森然告淑眞   승우삼연고숙진
寶墨飛毫遊地學   보묵비호유지학
才分秀士比嘉賓   재분수사비가빈
耕耘沃畓慈州曲   경운옥답자주곡
步步兪兪讚至人   보보유유찬지인
晝夜汪洋俱樂業   주야왕양구낙업
松濤海岸竝洪津   송도해안병홍진

듣자하니 학창 시절 총명했던 도암 선생,
무성한 소나무 숲 숙진함을 알리네.
풍수를 유람하며 서예는 명필이라,
뛰어난 재사로 귀한 가객이네.
시골에서 자애로운 맘으로 옥답 가꾸며,
걸음마다 유유한 그대 삶의 덕을 기리네.
주야 불문 바다와 함께하며 즐기니,
해안의 솔바람도 포구를 아우르네.

2012(壬辰年 임진년). 09. 03. 梅軒 朴英寬 吟(매헌 박영관 음)

愚巖李昇熙頌祝(우암이승희송축)

우암 이승희 선생을 송축하며

愚巖晚翠炫胎生	우암만취현태생
措大雲林住顯榮	조대운림주현영
晚景幽襟模秀士	만경유금모수사
寒春鵲報逈花兄	한춘작보유화형
醇乎粹學名騷客	순호수학명소객
每每熊熊淑自鳴	매매웅웅숙자명
釣父人境於假日	조부인경어가일
銀花峻德月朝評	은화준덕월조평

송죽 같은 우암 선생 태생지가 빛나고,
운림에 살고 있는 선비들 이름 높네.
수사의 만년 생각 선비의 모범이고,
이른 봄 느긋한 매화 기쁜 봄소식.
뛰어난 학문과 가작 시 명성 자자한데,
매양 빛나는 그대 모습 자명하여라.
낚시질하며 한가한 세월 즐기니,
넓고 큰 덕의 등불이라 소문 자자하네.

2012(壬辰年 임진년). 08. 28. 梅軒 朴英寬 吟(매헌 박영관 음)

頌讚道谷邊興淵(송찬도곡변흥연)

도곡 변흥연 선생을 송찬하며

松風古道正心常	송풍고도정심상
筆底生光雅韻光	필저생광아운광
儒者典經充講席	유자전경충강석
騷人詩賦滿書堂	소인시부만서당
萬年浩氣如蘭發	만년호기여란발
千載精剛似桂香	천재정강사계향
桃李春情添瑞日	도리춘정첨서일
邊公不斷見文章	변공부단견문장

솔바람 이는 옛길에 바른 마음으로 지켜 있고,
붓끝은 빛이 나며 고운 운율로 빛나네.
유생은 전경에 강의 자리를 채우고,
소인은 시부로 서당을 가득 차게 하네.
오랜 세월 호연한 기상은 난초가 핀 것 같고,
천년 세월 뛰어나고 강함은 계수나무 향기 같네.
복숭아와 오얏은 봄 정취에 좋은 날을 더하듯,
도곡 선생은 부단하게 빼어난 문장을 드러내네.

2025(乙巳年 을사년). 07. 08. 梅軒 朴英寬 吟(매헌 박영관 음)

頌讚漆愚朴章應(송찬칠우박장응)

칠우 박장응 선생을 송찬하며

四十淸風歷政榮	사십청풍역정영
德高禮厚滿人情	덕고례후만인정
綠條勳表勞成就	녹조훈표로성취
白璧心昭志自誠	백벽심소지자성
暮歲猶奔憐耆老	모세유분연기로
平生常愛重淸行	평생상애중청행
宗門篤念昭先訓	종문독염소선훈
詩骨長留在有名	시골장류재유명

사십 년 청풍 같은 세월 공직에서 명예롭게 보내시고,
높은 덕과 두터운 예로 사람들의 정을 얻으셨네.
녹조훈장이 그 공적을 드러내고,
흰 옥 같은 마음에 뜻은 스스로 성실했네.
늦은 나이에도 여전히 노인을 사랑하여 힘쓰시고,
평생토록 청렴한 행실을 귀히 여기셨네.
종문(宗門)을 깊이 생각하며 선조의 가르침을 드러내고,
시의 기개는 유명하여 오래도록 전하리라.

2025(乙巳年 을사년). 09. 08. 梅軒 朴英寬 吟(매헌 박영관 음)

頌讚靑剛梁東仁典校(송찬청강양동인전교)

청강 양동인 전교를 송찬하며

仁政悠悠映邑城	인정유유영읍성
四旬丹恪貫初心	사순단각관초심
群倫仰止忠兼孝	군륜앙지충겸효
百姓相親智與誠	백성상친지여성
講席諄諄傳古訓	강석순순전고훈
儒風穆穆啓新程	유풍목목계신정
德容溫潤春波靜	덕용온윤춘파정
譽滿南溟播大名	예만남명파대명

어진 정사는 널리 퍼져 고을을 환히 비추고,
마흔 해 성심껏 봉직하며 처음 뜻을 지켰네.
많은 사람 그를 우러르며 충성과 효를 함께 본받고,
백성은 다 함께 그 지혜와 정성을 친근히 여기네.
강단에서는 부드럽게 옛 가르침을 전하고,
유학의 풍모는 은은히 퍼져 새 길을 열어가네.
그 덕스러운 얼굴은 봄 물결처럼 온화하고 잔잔하여,
남녘 바다에 명성이 가득 퍼져 큰 이름을 떨치네.

2025(乙巳年 을사년). 09. 25. 梅軒 朴英寬 吟(매헌 박영관 음)

頌讚淸仁梁在福(송찬청인양재복)

청인 양재복 선생을 송찬하며

漁樵耕讀養高情   어초경독양고정

澄海浮雲映素誠   징해부운영소성

筆下風神開古道   필하풍신개고도

胸中正氣認蒼生   흉중정기인창생

心懷陶靖安貧樂   심회도정안빈락

骨植嵇康抱節淸   골식혜강포절청

猶寫八旬煙景意   유사팔순연경의

丹忱一片老精明   단침일편로정명

어부의 삶, 나무하고 밭을 일구며 책을 읽고 고상한 뜻을 기르시며,

맑은 바다에 뜬구름은 때 묻지 않은 참된 성품을 비추었네.

붓끝에는 고풍스런 정신이 서려 있으며,

가슴 속의 정의로운 기운은 모든 사람이 인정하네.

도연명의 마음으로 가난 속에서도 즐거움을 찾고,

혜강(嵇康)처럼 굳은 절개와 맑음을 품었네.

팔순이 되어도 여전히 봄 경치를 나타내고,

한 조각 붉은 마음은 늙을수록 더욱 깨끗하고 밝게 빛나네.

2025(乙巳年 을사년). 10. 01. 梅軒 朴英寬 吟(매헌 박영관 음)

頌讚金正和代表(송찬김정화대표)

김정화 대표를 송찬하며

珍島紅醇酒發場	진도홍순주발장
曾登玉筆現文章	증등옥필현문장
公園喜捨培元德	공원희사배원덕
大智明強不自藏	대지명강부자장
海外隨時宣國品	해외수시선국품
全南我郡倍光光	전남아군배광광
純然履尙如初月	순연이조여초월
傑特精神永永昌	걸특정신영영창

진도의 진한 홍주 양조장을 세우셨고,
일찍이 옥필로 현대 문단에 등단하여 세상에 드러내셨네.
홍주 공원 터를 아낌없이 내놓아 본바탕의 덕을 기르셨고,
큰 지혜와 밝은 기개를 스스로 감추지 않으셨네.
해외에까지 국산 명품을 전하시며,
전남과 우리 진도에 빛을 더하셨네.
맑은 마음과 행실은 초승달처럼 그 자리에 머물고,
뛰어난 정신은 길이길이 창성하리라.

2025(乙巳年 을사년). 08. 30. 梅軒 朴英寬 吟(매헌 박영관 음)

頌讚竹亭郭華俊(송찬죽정곽화준)

죽정 곽화준 선생을 송찬하며

築路經年在險和	축로경년재험화
工房不息志無多	공방불식지무다
誠心寫句成詩境	성심사구성시경
直性爲人勝俗家	직성위인승속가
兄弟義親同一窹	형제의친동일오
群英情重若春花	군영정중약춘화
淸風窹寐勤矻逆	청풍오매근구역
淡泊煙塵終日霞	담박연진종일하

험한 곳에서 길을 닦으며 수년을 건설 현장에서 보내고,
일터에서 부지런함을 멈추지 않으며 뜻은 욕심이 없었네.
성실한 마음으로 시구를 써서 시의 경지에 이르렀고,
솔직한 성품으로 사람됨은 속된 이들보다 빼어나네.
형제들과는 의와 친애로 하나 된 꿈을 나누고,
많은 현인과 정이 깊어 봄꽃처럼 따뜻하네.
맑은 바람 같은 마음으로 자나 깨나 쉬지 않고 성실하며,
담백한 삶은 세속의 먼지를 벗어나 온종일 노을처럼 빛나네.

2025(乙巳年 을사년). 09. 28. 梅軒 朴英寬 吟(매헌 박영관 음)

頌讚明星李熙春(송찬명성이희춘)

명성 이희춘 선생을 송찬하며

鼓聲飛動藝鄕春	고성비동예향춘
翩若仙姿燕子馴	편약선자연자순
舞影傳薪興部族	무영전신흥부족
書痕入骨啓詩綸	서흔입골계시륜
智深行遠交遊廣	지심행원교유광
氣勢神融雅量諄	기세신융아량순
樂在淸音諧萬象	낙재청음해만상
丹誠挺秀抱風珍	단성정수포풍진

북소리는 예향에 퍼져나가 봄기운을 일으키고,
춤사위는 신선 같은 자태로 제비처럼 능숙하네.
춤의 그림자는 불씨를 전하듯 전통을 잇고 민족을 일으키며,
붓끝의 자취는 뼛속까지 스며들어 시를 낚아 열어주네.
지혜는 깊고 걸음은 멀며, 사귐은 넓고도 원만하고,
기세와 정신이 어우러지며, 아량이 원숙하네.
맑은소리 속 즐거움은 만물과 어울리고,
뜨거운 정성과 뛰어남을 바람결도 보배라며 품어주네.

2025(乙巳年 을사년). 09. 30. 梅軒 朴英寬 吟(매헌 박영관 음)

稱頌金正和代表(칭송김정화대표)

김정화 대표를 칭송하며

正和心血醞鄕風	정화심혈온향풍
藝化詩壇舊跡同	예화시단구적동
甘露滋苗開玉釀	감로자묘개옥양
丹誠照魄奮芳功	단성조백분방공
慈仁獻愛通千里	자인헌애통천리
逸志涵靈跨九重	일지함령과구중
素月無瑕昭逸影	소월무하소일영
長懷女傑頌猶紅	장회여걸송유홍

정화 선생의 정성과 혼이 고향의 향기에 익어졌고,
예술과 시의 혼이 문학사에서 빛났네.
감로 같은 은혜로 새싹을 키워 옥 같은 술을 빚고,
붉은 정성은 넋을 밝혀 향기로운 공덕을 드러냈네.
자애롭고 인자한 마음, 사랑으로 천 리 밖까지 전해지고,
높은 뜻과 깊은 영혼은 구중천까지 아우르네.
티 없이 맑은 달빛이 고상한 자취를 비추어,
여걸의 정신을 오래 기리며 찬미함이 오히려 붉게 하네.

2025(乙巳年 을사년). 09. 25. 梅軒 朴英寬 吟(매헌 박영관 음)

梅軒 朴英寬 漢詩集(매헌 박영관 한시집)

2025년 12월 13일 초판 1쇄 인쇄 발행

지은이	박영관
펴낸이	박종래
펴낸곳	도서출판 명성서림

등록번호	301-2014-013
주소	04625 서울시 중구 필동로 6 (2, 3층)
대표전화	02)2277-2800
팩스	02)2277-8945
이메일	msprint8944@naver.com

값 18,000원
ISBN 979-11-7439-070-7

이 책은 전라남도·(재)전라남도문화재단의 후원을 받아 발간(제작)되었습니다.

 전라남도 전라 남도 문화재단